浪地球

劉慈欣

中短篇
科幻小說選

中和出版
OPEN PAGE

目 錄

序一：創世之後，《三體》之前
—— 淺說《流浪地球》

編按： 下文涉及個別篇章的設定，敬請讀者留意。

　　早在劉慈欣以《三體》拿下雨果獎躋身國際科幻大家之前，他的短篇創作已經廣受歡迎，廣見於不同選集（年度選、精品選、個人集）裡。香港中和這本選集主要收錄了劉慈欣部分早期作品，反映他的創作原點。以下按發表時序淺談我的看法。

〈帶上她的眼睛〉（1999）

　　1999 年劉慈欣開始發表作品，也憑本文獲科幻銀河獎一等獎。文章前半在「太空」發生，後半的場景轉到地底下的「落日一號」。把兩樣看似沒有關係的點子混合、對比，算是他的短篇特色。另一特色，就是人物為了責任和好奇心，即使犧牲性命也甘之若飴。

〈流浪地球〉（2000）

　　這故事從頭到尾瀰漫遊子漂泊不定的氛圍，是劉慈欣第一部被改編

1

成電影公映的作品。本文展示了他架構宏大壯麗工程的能力，在在表現出硬底子的工程師背景，而「你想像一個巨大的宮殿，有雅典衛城上的神殿那麼大，殿中有無數根頂天立地的巨柱，每根柱子像一根巨大的日光燈管那樣發出藍白色的強光。而你，是那巨大宮殿地板上的一個細菌」這種精準的文字和比喻，則屬於科幻小說作家的獨特想像。

不過，我更為欣賞的是遠日點和近日點的設計，人類要逃出生天竟要經歷冰火五重天的劫難，但即使逃離到木星之外，人類仍未抵達天堂，反而陷入大規模戰爭的地獄裡。這部小說篇幅不長，卻隱然有史詩式氣勢，為日後創作《三體》埋下伏筆。

〈鄉村教師〉（2000）

這個雙線敘事最與眾不同之處，就是其中一條線竟然以鄉村為背景，寫來有傷痕文學的味道，另一條線在離地球 5 萬光年的銀河系中心。本文最有趣的不是這個雙線反差下的敘事美學，而是人類文明避免毀滅的關鍵，原來是外星族群誤打誤撞找到鄉村裡剛把牛頓力學塞進腦袋的學生。此一黑色幽默藏在一個調子悲情的故事裡意義非凡。外星族群說「宇宙的最不可理解之處在於它是可以理解的……宇宙的最可理解之處在於它是不可理解的。」（愛因斯坦有類似的說法："The eternal mystery of the world is its comprehensibility ... The fact that it is comprehensible is a miracle." 「宇宙的永恆之謎在於其可理解性，宇宙能被理解是個奇跡。」）〈鄉村教師〉是「悲中有喜，喜中有悲」。悲固然是教師之死，喜的是他這個「小人物做大事」，而且用行動向「識文斷字又不能當飯吃」這句話狠狠打臉。

〈朝聞道〉（2001）

這篇讓我想起亞瑟・查理斯・克拉克（Arthur C. Clarke）的《童年的終結》（*Childhood's End*, 1953）和以撒・艾西莫夫（Isaac Asimov）的短篇〈最後的問題〉（*The Last Question*, 1956）。前者裡的外星人大軍壓境來到地球，並不是為了侵略，而是救贖和提升人類。後者裡的人類一直思考「如何才能使宇宙熵的淨值大量減少？」（原文為 "How can the net amount of entropy of the universe be massively decreased?"）。〈朝聞道〉裡的人類和外星人要進行的不是拿到好處的魔鬼交易，純粹只是為了滿足求知慾而奉上生命，是《論語》裡「朝聞道，夕死可矣。」一語的完美演繹，更妙的是最後留了一道連外星人也無法回答的問題。如果沒有這個「我怎麼知道」的對答，陰謀論就有機會成立：「排險者」是否以一個美味可口的魚餌和冠冕堂皇的理由把人類精英逐一除去？

〈山〉（2006）

相隔七年後，劉慈欣用另一種方式回應〈帶上她的眼睛〉。同樣是探索，同樣在地底，本作品的複雜度超越後者不可以道里計。地核文明的科技設定很硬，但劉慈欣要寫的相當於地球生命由單細胞變成多細胞、從海洋登上陸地最後演化出翅膀在天際翱翔的發展史，由一個個範式轉移串成。篇名雖然只有一個「山」字，但喻意深長，遠不只「見山是山，見山不是山，見山還是山」，「因為山無處不在」。

有些科幻小說的中心思想換作其他類型小說來表達也可以，但〈山〉不能。這是一篇結結實實的科幻小說。

〈黃金原野〉（2018）

劉慈欣睽違八年的新短篇，也是在《三體》三部曲後沉澱多時的首作，反映了他最近的創作狀態，原是應 MIT Technology Review 的短篇集 *Twelve Tomorrows* 而寫，先由劉宇昆譯成英文面世，後來才在中文版的《十二個明天》中跟中國讀者見面。經過《三體》的洗禮，〈黃金原野〉說故事更流暢，也更有電影感。為方便翻譯，主角取洋名。

文中的「冬神」是一種藥物，但故事鋪排劉慈欣用一貫的「工程系小說」來處理。故事最後提及的大饑荒時代，難免讓人想起〈鄉村教師〉裡提及的「旱年」。

我一直認為劉慈欣對中國科幻的影響相當於日本作家綾辻行人之於日本推理。後者的《殺人十角館》於 1987 年推出時，被評為人物設計單薄，但這部沿襲古典推理「暴風雪山莊」（又稱「孤島模式」）的作品實則蘊藏巨大的創意，為日本推理小說帶來翻江倒海的巨大改變，令本格推理復興，1987 年也因此被視為「新本格元年」。同理，劉慈欣的短篇不重人物心理描寫，在於他要顧及的世界太宏大，要處理的往往不是人與人之間的關係，而是人類和外星族群的關係。他用字的質樸無華也讓讀者心無罣礙，專注在科幻設定上。他的文學創作成就已獲公認，期待《流浪地球》電影上映，能締造「中國科幻電影元年」，也期待中和繼續推出劉慈欣其他作品，以饗讀者。

序二：劉慈欣的科幻軌跡

FAKER

當今中國科幻小説的代表人物，非劉慈欣莫屬。他的代表作《三體》的英文版在 2015 年獲得美國雨果獎最佳長篇小説，成為首位獲獎的中國作家 ①。《三體》連美國前總統奧巴馬也讚口不絕，是中國科幻邁向世界級水平的里程碑。

在「三體系列」（其後更名為「地球往事三部曲」）面世之前，原本正職為發電廠軟件工程師的劉慈欣早於 80 年代就開始科幻創作，無奈當時科幻小説被貼上「精神污染」的標籤 ②，作品無緣問世。他的作家之路真正踏上軌道是在 1999 年於雜誌《科幻世界》發表〈鯨歌〉，並陸續發表多部科幻小説如〈微觀盡頭〉、〈宇宙坍縮〉、〈魔鬼積木〉、〈帶上她的眼睛〉、〈流浪地球〉等等，一直持續到 2006 年《三體》的連載。2003 年出版的第一部長篇科幻小説《超新星紀元》，被部分科幻迷稱為中國長篇科幻小説的「零坐標」。至於後來憑着《三體》獲得的各項成就，已無需再在此贅述。

---

① 此外，郝景芳的《北京摺疊》2016 年奪得最佳中短篇小説，也是首次。

② 在 1983 年發起的一場「清除精神污染」運動中，科幻小説遭到波及。錢學森更指科幻小説是「壞東西」。科幻相關的雜誌紛紛停刊，中國科幻文學發展因而停滯。

創作風格

　　劉慈欣深受科幻小說黃金時代（指美國 1940 年代初至 50 年代）與俄國小說家托爾斯泰影響。《三體》更直接提及科幻巨匠以撒．艾西莫夫（Isaac Asimov）以及他的「基地系列」（Foundation Series）中創建虛構學說「心理史學」（Psychohistory）的學者哈里．謝頓（Hari Seldon）。充分吸收西方的文學資源後，他就開始着手創作屬於自己的故事。有別於美國以人工智能和網絡社會為主體的賽博龐克（Cyberpunk），劉慈欣沿襲二十世紀的太空劇（Space Opera）與未來史（Future History），作品的「時」與「空」遼闊無比，亦流露出不少個人風格。以下是幾個特別值得一提的特點：

1. 物理學基礎

　　劉慈欣的小說一般被歸類為硬科幻（Hard science fiction），強調科幻設定的科學解釋、細節與合理性，設定往往是為現存物理學或假說的延伸。以《球狀閃電》為例，球狀閃電目前是未有定論的自然現象，劉慈欣在小說裡提出，球狀閃電是激活狀態的宏電子，被宏電子毀滅的人或物件並沒有消失，而是化為量子態，讓主角陳博士得以透過研究球狀閃電去尋回消失的父母。

　　當然，硬科幻必然與真正的科學理論有別，否則就不是科幻了，這點劉慈欣也有自覺。他曾明言，如果〈流浪地球〉的情節真的發生，他將會是不折不扣的飛船派，因為推進整個地球離開太陽系在物理上近乎不可能。然而，「流浪地球」的美感遠遠比「流浪飛船」要來得高，讀起來也更有趣，身為小說家，選擇比較浪漫的方案是再自然不過的事。

2. 先進的他者文明

在劉慈欣作品出現的外星文明往往比地球先進很多，不少更是能駕馭星系級能量的 III 型文明 ③。這源自合理推論，畢竟擁有從遙遠星系來到地球的航天技術，文明自然不會落後到哪裡。而外星文明要超越人類，就得事先經歷過人類文明自古至今的各個階段、出現曾經誕生的重要偉人。故此，他們會擁有自己的達爾文、哥白尼、伽利略、牛頓、艾倫·圖靈、愛因斯坦等等，推進科學發展、累積知識。

此類比方式具有濃厚的歷史決定論色彩，固然不必然正確 ④，但除了讓讀者更容易理解外星文明的歷史，也增添了閱讀的趣味。這些他者文明就像「來自未來的人類」，看着進度落後一大截的人類，就有如看到過去的自己；而人類從這些文明中偷師，學習「未來的模樣」，也得以尋覓進步的鑰匙。類似的對稱結構，在劉慈欣的作品如《三體》、〈山〉、〈朝聞道〉等都可見到。

3. 後太陽系時代

外太空探索是劉慈欣小說常見的主題，這很大程度上繼承自亞瑟·克拉克（Arthur C. Clarke）等人。就如克拉克他們的創作高峰期正值太

---

③ 俄國物理學家尼古拉·卡爾達肖夫（Nikolai Kardashev）提出的卡爾達肖夫指數（Kardashev Scale）根據文明使用能源功率的等級，將文明劃分為 I 型至 III 型。III 型文明使用的星系級能源大約是 10^{36} W。

④ 隨着生物學、性別研究、認知科學、社會學等發展，科幻文學約 60 年代開始構想一些身體性、性意識、心靈結構等有別於人類的智慧生命體。這些生命體往往發展出與人類完全不同的異星文明和歷史進程。作品包括海萊因（Robert Heinlein）《異鄉異客》（*Stranger in a Strange Land*）、以撒·艾西莫夫《神們自己》（*The Gods Themselves*）和娥蘇拉·勒瑰恩（Ursula Le Guin）《黑暗的左手》（*The Left Hand of Darkness*）等等。

空競賽，中國載人航天工程過去十多年穩定發展，成為繼蘇聯和美國之後獨自將人送上太空的第三個國家，劉慈欣以太空科技為主軸確實很符合中國現狀。

然而，相較克拉克對未來抱持樂觀態度，劉慈欣多了一種末世觀，以及面對浩瀚宇宙的無力與不安。部分作品如《三體 III：死神永生》或者〈流浪地球〉描述地球甚至整個太陽系滅亡，不再適合居住，人類急需離開，尋找新天地。縱使比人類長壽得多，但任何星體都有壽命，不會永遠存在，加上文明的肆意開採和戰爭蹂躪，更可能短時間遭到毀滅。人類面對這些危機，唯有努力開發在太空中航行的技術。

4. 描述性命名

儘管外星文明在劉慈欣的小說十分常見，針對異星語言的着墨並不多。不少異星人一登場就能與地球人直接溝通，或者直接以中文講述外星人視角的故事。這些外星人的稱呼，多少關乎其社會功能和物理特性。比如〈朝聞道〉裡的「排險者」、《三體》裡的「三體人」、《三體 III：死神永生》的「歌者」等等。

除了外星文明，人類社會的職能與年代命名亦是如此。〈流浪地球〉將故事劃分為「剎車時代」、「逃逸時代」與「流浪時代」；《三體 II：暗黑森林》裡為對抗三體人的侵略，人類選出了思考和實行對策的「面壁者」，三體組織揀選出來破壞「面壁計劃」的人則稱為「破壁人」；《三體 III：死神永生》裡，邏輯成為手握引力波廣播裝置啟動器的「執劍人」。由於稱呼都如此直觀，讀者要記住相當容易。

5. 日本人

　　劉慈欣筆下不時出現日本人，或者以日本人形象現身的角色。最具代表性的莫過於《三體 III：死神永生》裡的「智子」。「智子」原是三體文明製造的「世界智能粒子」，用以監察人類和鎖死地球基礎科學的發展，後來「智子」功能擴大，控制一個擬人機器人（humanoid）成為三體駐地球大使，外型為穿著和服的日本少女，原因是「智子」很像日本女性的名字。

　　除此之外，〈流浪地球〉主角的妻子為日本人山彬加代子，在奧運會相識；〈朝聞道〉男主角丁儀的同事是獲得諾貝爾物理學獎的日本學者松田誠一，跟丁儀一樣求知慾強烈，為了學習宇宙大統一模型而獻出性命，一同踏上真理祭壇。基於歷史因素，中國流行文化裡描寫日本人總是帶點尷尬，劉慈欣描寫日本人卻沒多少芥蒂。日本人的客觀存在，既增強了劉慈欣小說的合理性，也令他的作品獨樹一格。

憶舊嚐新

　　這次的小說集《流浪地球》收錄了劉慈欣六部中短篇科幻小說，囊括早期及最新的作品，讓讀者一睹不同時期的劉慈欣的風采：

　　〈黃金原野〉是劉慈欣在「地球往事三部曲」結束之後，時隔八年的最新作品。此作為劉慈欣刊登於《十二個明天》（Twelve Tomorrows）關於近未來技術的短篇，故最早出版為英文版。內容可視為〈帶上她的眼睛〉的姊妹作。企業「生物遠景」老闆的女兒愛麗絲自作主張地帶走新研發的冬眠藥物「冬神」，乘上「黃金原野」號太空船飛向月球，卻在途中發生意外，無法返回地球，在外太空漂流。主角麥克與一眾地球

人，透過網絡連接虛擬現實（VR）裝置，一直觀看着船艙內的愛麗絲，渴望有一天能將她救回地球。

〈流浪地球〉是劉慈欣早期的代表作之一，獲得第十二屆中國科幻銀河獎特別獎，已由郭帆執導拍成電影，由劉慈欣本人親自擔任編劇。故事講述太陽在不久的未來將發生閃氦並爆炸，會連同地球一起毀滅。人類為了逃亡，在地球安裝無數的巨型地球發動機，使地球停止轉動，再加速逃離太陽系，前往人馬座成為比鄰星的行星，計劃歷時 2500 年。

〈鄉村教師〉屬於早期作品，獲得第十三屆中國科幻銀河獎讀者提名獎。故事分為兩條線，第一條線是在鄉村小學任教的老師，受絕症困擾；另一條線是距離地球 5 萬光年外的遠方，矽基與碳基兩大文明之間漫長的宇宙戰爭。兩線看似毫不相干，結局卻接合在一起。與劉慈欣其他嚴肅的硬科幻作品不同，此作較為超現實，也具獨特的幽默感。

〈山〉是《三體》開始連載之前最後一部短篇，講述登山者馮帆乘着地質考察船經過太平洋期間遇到外來客。外星飛船的引力把海水吸起，形成一座「山」，滿懷好奇的馮帆登上這座水山的頂峰，與居住在「泡世界」的外來客展開一場奇妙的對話。

〈朝聞道〉也是早期的作品，獲得第十四屆中國科幻銀河獎讀者提名獎。主角丁儀曾在《三體》、《球狀閃電》等作品內登場。內容講述欲建立宇宙大統一模型的丁儀與一眾物理學家正準備啟動巨型粒子加速器「愛因斯坦赤道」進行實驗時，加速器忽然神秘消失，變成了草。隨後一名神秘男子現身，自稱宇宙的排險者，聲言粒子加速器實驗將為宇宙帶來災難，如果希望獲得宇宙大統一模型的知識，科學家們就得用自己的生命換取。

〈帶上她的眼睛〉是六篇之中最短的，也是最早出版的，是劉慈欣的代表作之一，獲得第十一屆中國科幻銀河獎一等獎。此作品早在作者高中時代就已經完成⑤。故事講述休假中的男主角被航宇局控制中心主任要求帶出一雙眼睛，眼睛的主人是一位目前正在執行探索工作的女孩，利用眼睛傳輸出腦的電波，她可以分享男主角在地球生活的一點一滴，舒緩思鄉情懷。

不在預言，而在敍述

近年不少重版或首度推出翻譯本的經典科幻小說，都會被標榜為「預言書」，稱頌作家昔日的想像是多麼符合當今世界。但正如美國著名作家娥蘇拉·勒瑰恩（Ursula Le Guin）所言：科幻不在預言，而在敍述（Science fiction is not predictive; it is descriptive.）⑥。縱使劉慈欣的小說被定位為硬科幻，我們既不會在他的新作與舊作找到任何「預言」，也無需以未來的準確性去評價其好壞。

科幻小說都如瑪麗·雪萊（Mary Shelly）的《科學怪人》（Frankenstein），是講述「假如甚麼甚麼，會發生甚麼事？」，只是它使用了新穎的推演工具——科學與科技，去進行創作。即使言中，也不過是偶然。部分科幻小說更是志在警世，不希望書中描繪的灰暗未來成真。況且，比起設定、構想，更重要的還是故事和人。科幻小說是小說，並非「小說化文章」（fictionalized essay）。一如其他類型小說，科幻小說最重要的始終

---

⑤〈劉慈欣訪談錄（上）：《三體》創作與修改秘聞〉：https://www.jiemian.com/article/1406281.html

⑥ 娥蘇拉·勒瑰恩，洪凌譯，〈原著序〉，《黑暗的左手》，台北：繆思，2004 年，頁 10。

是閱讀體驗。只要是能讓讀者沉醉其中，闔上書本時感歎「能與它相遇真是太好了！」，就是一部好的科幻小說。

在科幻作家之前，劉慈欣是位真正的科幻愛好者。他對科幻文學的熱愛以及嚴格的審美標準，以致即使在得到大量好評後，他也無法對自己的作品感到滿意。對於最新作品〈黃金原野〉，他表示：「我不喜歡這部作品，但沒辦法，我寫不出更好的。」[7] 這種不甘安於現況、不斷質疑自己能力的態度，往往是作家能夠更進一步的源動力。〈黃金原野〉，或者其他作品，是否真的未達水準，就交由讀者自行判斷了。

---

[7] 〈劉慈欣：新作明年 5 月出版，「我不喜歡，但我寫不出更好的」〉：http://www.nbd.com.cn/articles/2017-11-11/1160530.html

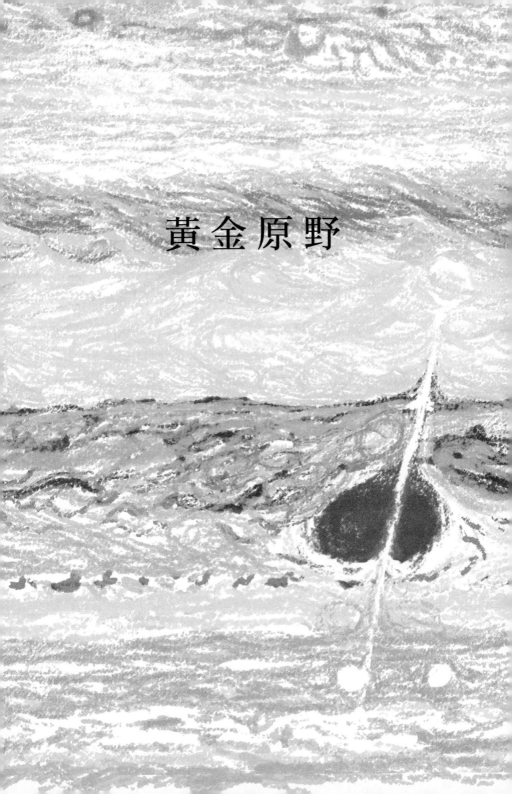

黄金原野

麥克和愛麗絲等待着第二個太陽的出現。透過「黃金原野」號的後舷窗，他們望着遙遠的太陽，從這海王星軌道外的太空看去，太陽只是一個剛顯出圓盤形狀的星體，它的光雖能夠在艙壁上投下影子，但已經感覺不到任何熱度。麥克看看身邊太空服中的愛麗絲，覺得她也像一個太陽，是她的存在使這距地球45公里的冷寂太空有了意義，也使他自己的生命有了意義。愛麗絲於一個小時前剛剛甦醒，這之前她經歷了啟航之後最長的一次沉睡，有兩年的時間。

　　第二個太陽出現了，開始看去只是一顆普通的星星，但亮度急劇增加，像一隻睜開的眼睛，很快變得比真正的太陽還亮，一時間，整個宇宙都甦醒了。這是「獵戶座」飛船減速時發動機的核火焰。

　　麥克歡呼起來，「黃金原野」號的艙室是如此狹小，他甚至不能揮舞雙手，他想擁抱愛麗絲，但知道不可能。

　　「我看到了，真好。」愛麗絲透過太空服的面罩對他燦爛地一笑。

眼前一片藍色，一行白字出現：網絡擁堵，請切換為 2D 顯示，或稍後再試。

麥克摘下 VR 頭盔，回到他自己簡陋的單身公寓中。房間不大，但與「黃金原野」號的艙室相比就寬敞多了。他拿起筆記型電腦，把剛才的畫面切換到 2D，但網速仍然很慢，圖像幾乎不動，愛麗絲的笑容凝固在螢幕上，麥克繼續沉醉在這笑容之中。

同以前一樣，他當然知道愛麗絲的微笑不可能是對自己的，因為剛才與她同處「黃金原野」號飛船上的，除了自己，還有其他幾億人，現在，全人類都通過網絡擠在那間狹小的艙室裡。同時，他看到的是 4 個多小時前的愛麗絲，這是電波從 45 億公里遠的太空傳回地球的時間。

能聽到外面街上傳來的歡呼聲，整個世界都在歡呼。

「19 年了，」麥克看着螢幕上的愛麗絲說，「我從一個 18 歲的男孩變成 37 歲的男人，你還是那麼年輕。」

———

在麥克的記憶中，19 年前的那天時而顯得很遙遠，時而又像近在昨日。在沒有任何預先資訊的情況下，「乙太」號火箭突然從加州莫哈韋沙漠的莫哈韋航天發射站點火升空，運載着「黃金原野」號飛船飛向太空，這時，距米勒車禍中遇難僅不到十個小時。

阿爾弗雷德‧米勒早年並沒有顯示出對太空探索有特別的興趣，他那龐大的商業帝國主要是在製藥和生物工程領域發展起來的。一切改變都是從一種名叫「冬神」的藥物的出現開始的，這是米勒的「生

命遠景」公司研發的藥物。「冬神」的研製過程長達半個世紀，耗資更是創造了世界製藥工程的紀錄。這是一種人體冬眠藥物，依劑量不同，可使服用者進入三個月到一年的冬眠，如果連續服用，冬眠期則幾乎可以無限延長。在冬眠期間，人體的新陳代謝降到最低，不需要任何營養補充，衰老幾乎停止。

「冬神」研製成功的消息引起了巨大的轟動，但緊接着米勒卻宣佈要將這項成果封存，專利技術凍結，藥物不會投放市場。他解釋說：「『冬神』將是懶惰和消沉者的福音，他們會用這種最方便的方式逃避現實，逃避責任，在未來不同的時間醒來看看，選一個最舒服時代生活。這不是『冬神』的目的。」米勒表明他最初研製「冬神」是想把它用於太空航行，使得遠航的飛船只需攜帶很少的食物、水和氧氣。

但是，需要「冬神」的載人太空遠航似乎將永遠停留在科幻小說中，自上世紀中葉的登月以後，載人太空航行所到達的離地球最遠的距離，只是米勒的那輛林肯車開三四個小時的路程。

VR 遊戲中的太空遠比真實的有趣，甚至，除了艱辛和危險之外，比真實的更真實。

米勒不想再等待，他決定自己創造一個能使「冬神」派上用場的時代，於是「生命遠景」公司向航天領域轉型，並發佈了自己的載人登陸火星計劃。五年後，「生命遠景」完成了計劃的第一步，研製並建造了巨大的「乙太」火箭，其起飛重量比有史以來最大的「土星五號」火箭還重 1000 噸。但計劃的進展到此為止了，米勒很快發現，與建造巨型火箭相比，登陸火星和返回的工程技術更為艱巨，而「生命遠景」公司此時已耗盡了財力，已經日薄西山的 NASA 也無法繼

續提供技術支援。米勒先是把火星往返航行改為單程航行，後來又把登陸的目標由火星改為月球，終於發現即使重返月球的目標也無法實現，最後完成的是「黃金原野」號飛船，這是一個只能載一人的小小太空艙，沒有着陸和返回能力，只能繞月飛行。之後，米勒再也無力前進一步。

「乙太」火箭的首次發射一再推遲，它那龐大的軀體像是聳立在沙漠中的一座孤峰，頂部如國會大廈穹頂般寬闊的整流罩蒙上了沙塵，似乎已經歷了漫長的歲月。

米勒在長島的車禍中遇難，對「生命遠景」的太空探索事業是一個致命的打擊。在他離去後，董事會無疑將使「生命遠景」離開這個沒有任何商業前景的領域，回到以前的運營軌道上。「乙太」火箭和其上的「黃金原野」飛船將被廢棄，它們最好的命運就是成為某個航天主題公園的陳列品，但最大的可能是被拆解為廢金屬。

但就在米勒去世的當天，「乙太」火箭突然發射升空。在其運載的「黃金原野」號飛船中有一名太空人，是米勒 20 歲的女兒愛麗絲。

「『乙太』火箭和『黃金原野』號飛船只應屬於太空。」愛麗絲在留給媒體的視頻中説，那時發射倒數只剩 3 分鐘，她身穿太空服處於「黃金原野」號狹小的座艙中。她説「黃金原野」號將在「乙太」火箭的推動下飛向月球，飛船將在繞月飛行後返回地球，這是為了實現父親最後的夙願。

發射是在沒有對外界公開的情況下進行的，準備工作很倉促，基地中只有很少一部分人員參加了發射工作。

人類歷史上最大的火箭在巨大的轟鳴聲中升空，整個沙漠都在顫

抖，由於「乙太」火箭巨大的質量，起飛時的加速度比以往的火箭都小，它的上升很緩慢，十多公里外的目擊者彷彿看到了地平線上一次壯麗的日出。

開始階段十分順利，兩個助推器和第一級脫離後，第二級成功點火，「黃金原野」飛船在「乙太」火箭的推動下飛向月球。按照飛行程式，15 分鐘後發動機關閉，飛船與火箭聯合體將精確地進入與月球交會的軌道，接着「黃金原野」號將與火箭末級脫離，開始 50 小時的滑行，在與月球交會後繞月飛行，然後用自身的動力返回地球。

但火箭發動機沒有關閉，繼續以最大功率運行。

後來根據對傳回的數據分析發現，就在飛船與火箭即將分離之際，火箭燃料倉內剩餘燃料的溫度急劇上升，導致燃料倉的壓力劇增。這可能是燃料倉的隔熱系統損壞所致。此時，燃料倉的緊急減壓閥門卻失效了，增壓中的燃料無法排出，這都是倉促發射造成的惡果。超低溫燃料受熱產生巨大的壓力，將很快導致末級箭體爆炸，在爆炸中推進劑將與氧化劑混合，將壓力造成的冷爆炸轉化為威力巨大的熱爆炸。這時，即使飛船與火箭脫離，兩者分離的速度是很慢的，飛船不可能移出爆炸的威力圈。制止爆炸的唯一途徑就是繼續全功率開啟火箭的發動機，通過消耗燃料降低壓力，把壓力控制在燃料倉能夠承受的範圍內。事後工程師們認為，火箭控制系統做出的這個決定是正確的。

「乙太」火箭是為登火星而設計，它設計中運載飛船的質量遠大於「黃金原野」號飛船，但在這次發射中，由於結構平衡的需要，必須加滿燃料後起飛。所以計劃中完成繞月飛行後，已經脫離飛船的末級火箭中將有大量的剩餘燃料，現在，這些燃料將全部用來加速。

地面控制中心曾試圖使「黃金原野」號與火箭分離，但在加速狀態下這個操作不能進行。

瘋狂的加速持續了 18 分 27 秒，燃料耗盡，發動機停機。「黃金原野」號飛船與「乙太」火箭的末級分離，這時，飛船的速度已經遠大於飛行計劃的設定，它用自身的發動機減速，但「黃金原野」號上小小的發動機只設計用於進入和脫離月球軌道，只能把飛船目前巨大的速度減低一小部分，它的燃料很快耗盡，「黃金原野」在太空中靜靜地滑行着，在一般人看來，這並未顯示出甚麼災難的跡象，但冷酷的牛頓定律已經給它打上了死亡的魔咒。

「黃金原野」號目前的速度已經大於第三宇宙速度，太陽的引力無法留住它，如果沒有救援，已經失去全部動力的飛船將一直向前飛離太陽系，消失在茫茫太空中，沒有任何回到地球的希望。

「黃金原野」號比預定時間提前 21 小時越過月球軌道，這時，計劃與之交會的月球還在幾萬公里之外。

最初人們認為，除了為愛麗絲默哀沒有別的事可以做了。自國際太空站退役後，俄羅斯和美國已經多年沒進行載人航天飛行，中國也僅限於把太空人送上自己在低地軌道運行的太空站，以目前人類航天的技術能力，短時間內不可能對月球軌道之外的，以超過第三宇宙速度的速度飛離的飛行器進行救援。

但隨之而來的一則消息帶來了一線希望：「黃金原野」號上攜帶着「冬神」藥物，其數量可以使愛麗絲冬眠 20 年。

「黃金原野」號一直保持着與地球的聯繫，飛船的通訊系統連入了互聯網，每個人都能通過虛擬實境的連接進入飛船裡，身臨其境地

同愛麗絲一起，在寒冷的太空中進行着沒有終點的漂流。

———

麥克在電腦上打開了一個叫「黃金原野」的資料夾，裡面有一千多個名為「Alice」的 VR 視頻檔，他戴上頭盔，打開了最前面的「Alice0001」，那是 19 年前他第一次與「黃金原野」號飛船進行 VR 連接時的紀錄，檔建立的日期是 2043 年 12 月 10 日 23 點，這是「乙太」火箭末級意外加速結束後的 12 個小時，飛船正在穿越月球軌道，開始它向外太空的死亡漂移。

麥克第一次進入了「黃金原野」號，第一次來到愛麗絲身邊，這也是他唯一的一次見到沒有穿太空服的愛麗絲，她身着白色的工作裝，胸前有「生命遠景」的徽章。也許是因為發射的倉促，她沒有來得及把自己的長髮剪短，那長髮在零重力下緩緩飄散，如詩如夢，他甚至感到了一縷髮絲輕拂過自己的面龐。飛船背對着太陽和地球，透過舷窗只能看到銀河系燦爛的星海，這星光晶瑩地映在愛麗絲的雙眸中。然後她第一次看着他微笑，這時飛船與地球的通訊幾乎沒有時滯，同與飛船聯網的無數人一樣，麥克相信那微笑真的是對自己的。愛麗絲在輕聲說話，但聲音對他是屏蔽的，從她不斷掃視控制台的目光來看，可能是在與地面控制中心交流飛船的運行狀況。她顯得平靜而睿智，絲毫看不出是身處絕境，這讓他看得入迷。她似乎沒有忘記他的存在，不時抬頭對他微笑，每一次他都慌亂地移開目光。

有甚麼纖細的東西漂過他的眼前，那是一株綠色的小草，他不由

伸手去抓，小草從他的手中穿過，愛麗絲也看到了，她伸手抓住小草，把它很小心地插在控制台上的一個有水的小塑膠管中。

麥克突然聽到了愛麗絲的聲音：「這是發射架前的草坪上的，以後，它是唯一陪伴我的地球生命了。」

「我會一直陪伴你的。」麥克用微微顫抖的聲音説。

麥克清楚地記得，那天離開網絡後，他來到大學宿舍的陽台上，長久地仰望着星空，星海彷彿因愛麗絲的存在有了生命。

他接着打開了 VR 檔「Alice0002」，這是在上次連接後的 5 個小時，是在一個不眠之夜後的凌晨，在長時間的網絡擠塞後他終於再次與「黃金原野」號聯網，現在飛船距地球 80 萬公里。這時愛麗絲已經進入冬眠，為了節省飛船的能源，恆溫系統關閉了，她在太空服中沉睡着，控制台上的大部分螢幕都暗了下來，只有星光從舷窗照進來，映出面罩裡面愛麗絲美麗安詳的面龐。

「我會一直陪伴你的。」麥克再次説。

——

「黃金原野」號受到了全世界的關注，在人類歷史上，第一次有一個人從地球大家庭走失了，那個在太空中漸行漸遠的天使般的姑娘牽動着每個人的心，對她的關切漸漸成為了人們生活的一部分，「愛麗絲時代」開始了。

麥克畢業後找到一份程式員的工作，像大部分在近年進入職場的年輕人一樣，他不需要去公司上班，事實上他供職的那個公司只存在於網絡中，他只需呆在單身公寓中就能在網上完成一切工作。每天深

夜，他都會通過網絡進入「黃金原野」號，來到冬眠中的愛麗絲身邊，同她一起靜靜地沐浴在星光中，這是他一天中最美好的時光。

麥克知道，每時每刻都可能有上億人同他一樣通過網絡陪伴着愛麗絲，「黃金原野」號漸漸成為一種文化現象，滲透到社會生活的方方面面，成為在全球政治、經濟和文化領域都不得不考慮的一個的因素，而隨着時間的流逝，這個因素變得越來越重要。

在開始的階段，愛麗絲的冬眠週期較短，只有十天左右，後來則延長到了一個月。愛麗絲甦醒的日子幾乎是一個世界性的節日，每到這一天，所有的人都期待着她從沉睡中睜開美麗的雙眼，從太空中給世界一個微笑。為了節省飛船上數量不多的生存資源，每次甦醒的時間都很短暫，愛麗絲同地面控制中心交流飛船的運行狀況，對地球打個招呼，服下「冬神」，再次進入漫長的沉睡中。

——

麥克打開檔「Alice0046」，視頻檔的錄製日期是 2043 年 12 月 31 日午夜，這時「黃金原野」號已經漂流了 21 天，距地球 3800 萬公里。這也是愛麗絲最長的一次甦醒。這次麥克沒能夠通過網絡進入飛船，只好連接到時代廣場，當燦爛的水晶球落下，2044 的光字出現時，愛麗絲出現在大螢幕上，她微笑着揮手，祝地球新年快樂。

接着播出了美國總統哈里森的新年講話，宣佈啟動「阿波羅 II」計劃，建造高速太空飛船，對「黃金原野」號實施救援。這將是美國有史以來投入最大的太空計劃。

世界歡騰起來，這是最難忘的一個新年。

———

2044 年 1 月中旬，「黃金原野」號穿越火星軌道。

———

「Alice0070」，2044 年 10 月 27 日，「黃金原野」號漂流第 335 天，距地球 6 億公里。

這一天，因「愛麗絲的夢」而被歷史記載。

這天是愛麗絲的甦醒日，麥克在飛船中等待了三個多小時，看着愛麗絲慢慢從冬眠中醒來，她上次甦醒是 45 天前了。她慢慢睜開雙眼，沒有説話，也沒有像以前那樣對他微笑，只是靜靜地看着舷窗外面，似乎在看星星，又似乎在無目標地看着無限遠處。她就這樣沉默了好長時間，麥克和幾億人一起靜靜地陪伴着她，也不指望她説甚麼，覺得這樣就很好。愛麗絲慢慢轉過頭看着麥克，那透過太空服面罩的純淨目光比以往哪次都像是直接對着自己，麥克的心跳加快了。

「我做了一個夢。」愛麗絲輕聲説。

冬眠中，人的大腦活動應該完全停止了，但後來專家説，在冬眠開始和最後甦醒的階段，也是可能做夢的。

「我夢見自己回到了一個沒有人的地球，所有人都消失了，大陸都被森林和草原所覆蓋。我走進了一座城市，街道和建築都空盪盪的，高樓被綠色藤蔓包裹着，一切都那麼安靜，讓人害怕。我走進一個長滿雜草的廣場，看到了一大片太陽能電池板，雖然上面佈滿了青苔，但好像還在運行，在給哪兒提供着電能。我順着電纜尋找，進入一個深深的地下室，在那裡看到了一個長方體，大約有冰箱那麼大，我認出了

那是一台超級電腦，上面有一個指示燈亮着，表示它可能還在運行，旁邊的一個工作台上有一個鋪滿灰塵的顯示幕，我用手指觸了一下，顯示幕亮了起來，顯示一行字：小心！記憶體裡生活着 100 億人！！

「然後我聽到了一個聲音，很怪的聲音。我朝聲音的方向望去，看到地板上有一隻老鼠，好大的老鼠，它正在啃電纜，就是那條連接電腦和地面上太陽能電池板的電纜！我想撲過去趕走它，但挪不動腳步，也發不出聲……我就那麼掙扎着，慢慢醒來。」

——

2044 年 11 月上旬，「黃金原野」穿越小行星帶。

——

「Alice0129」，2045 年 1 月 16 日，「黃金原野」號漂流第 403 天，距地球約 4.8 億公里。

這本是普通的一天，麥克聯網進入「黃金原野」號，一片寂靜，愛麗絲在冬眠中。

VR 空間中突然出現了 FACEBOOK 的視窗，裡面有一條資訊，來自西維亞，麥克已經交往一年多的女朋友：「你在這裡投入太深了，我在你心裡的位置都被她佔去了。」

麥克一時陷入慌亂中，他匆忙回答道：「這……大家不都這樣嗎？」

「是的，都這樣。」回答跟着一個哀怨的表情符號。

從此，西維亞離開了他。

——

2045 年 5 月，「黃金原野」號穿越木星軌道。

——

「Alice0250」，2045 年 12 月 15 日，「黃金原野」號漂流第 736
天，距地球 12 億公里。

　　麥克進入飛船，在沉睡的愛麗絲身邊長久地沉默着。以往，每次
來他都對愛麗絲說許多話，談他卑微生活中的喜怒哀樂，談他對未來
的夢想，當然，說得最多的還是她上次進入冬眠以來世界上發生的
事，他當然知道她聽不到，即使她甦醒時也聽不到，她不太可能從億
萬個聲音中調出他的聲音檔，但他還是渴望對她傾訴。但今天，他甚
麼也說不出來，他不忍心把壞消息告訴她。

　　這是黑暗的一天，在國會眾參兩院的航天委員會、預算委員會和
NASA 舉行了一系列聽證會後，得出最後結論：經過兩年多的高速漂
流，「黃金原野」號飛船目前已經到了距地球 8 個天文單位的遙遠距
離，並且仍然以超過第三宇宙速度的速度繼續離去，依靠人類現有的
基於化學火箭發動機的航天技術，已經不可能實施任何有效的救援，
繼續進行耗資巨大的「阿波羅 II」計劃是無意義的。

　　這個結論很快得到了總統和政府的認可，在下午的新聞發佈會
上，國家航天委員會主席、副總統艾倫宣佈無限期推遲「阿波羅 II」
救援計劃。

　　「我們將繼續向『黃金原野』號送去全人類的祝福，將原本要用
於救援計劃的資源在地球上建設更美好的生活，將是對愛麗絲最好的

安慰。」艾倫最後說。

現在麥克突然意識到，「阿波羅 II」計劃可能從頭到尾都是一個騙局，雖然政府和國會批准了巨額撥款，但按照預定的分期預算，前兩年只劃撥總預算的一小部分，巨額的經費要到今年才劃撥，而這時他們想用這個結論讓計劃不了了之，顯然認為公眾輿論也只能默認這個既成的事實。

「他們想錯了！」麥克把這句話說出聲來。

———

政治家們確實想錯了，社會的反應與他們的預測正相反，艾倫講話後，因失望引發的激憤像野火一般蔓延開來。

麥克摘下頭盔，走出公寓來到街上，這是他半年來第一次走出家門，之前只通過網絡 VR 與世界相連。外面的城市人聲鼎沸，麥克本想去時代廣場或中央公園，但交通堵塞，城市的中心地帶出現了幾百萬人的遊行，他只能來到附近的小公園裡，這裡也擠滿了人群，點燃了一片燭光的海洋。

事情持續發酵，動盪蔓延到全世界，公眾的憤怒幾近失控，最後以哈里森辭職結束，這是繼尼克遜以來第二位在任期被彈劾下台的美國總統。

———

艾倫繼任總統，宣誓就職後僅兩天就在國會發表講話，沒有任何多餘的鋪墊，他直截了當地向全世界宣佈：「新一屆政府將放棄『阿

波羅 II』救援工程，重啟『獵戶座』計劃。」

這個宣佈開始並沒有引起甚麼反響，大部分人都處於茫然之中，只有在航天機構以及少數熟悉上世紀航天史的人們中爆發出歡呼聲，隨後，人們很快明白了「獵戶座」計劃的含義，歡呼聲便擴展到全世界。

「獵戶座」工程是美國在上世紀五十年代的建造大型核動力飛船的計劃，巨大的飛船由數千枚不斷爆炸的核彈推動，可以運載 40 名太空人和上百噸物資，可以在百天內往返火星。這個氣壯山河的航天計劃於 1958 年發起，一直進行到 1965 年，因大氣層核禁試條約等原因中止。

———

「獵戶座」計劃很快全面啟動，麥克同地球上的幾十億人一起開始了漫長的等待。

「獵戶座」計劃同時在多個方向上展開研究，其中兩個主要方向分別是：上世紀採用的核爆炸脈衝推進方案，和採用核反應堆發動機的方案。

———

2047 年 1 月，「黃金原野」號越過土星軌道，距地球 15 億公里。

———

這些年，麥克每次進入「黃金原野」號陪伴愛麗絲時，越來越頻

繁地透過後舷窗回望地球，這時地球已經是一顆暗淡的星星，只有遮住同樣暗淡的太陽才能看到它。每到這時，麥克都意識到一個殘酷的事實：每過一秒鐘，「黃金原野」號就要遠離地球二十多公里，這讓他陷入越來越難以擺脫的恐懼和焦慮中。在愛麗絲間隔越來越長的甦醒日，麥克開始害怕見到她，在越過土星軌道時，她與地球通訊的時滯已達 1 個多小時，這不斷延長的時滯，標誌着他們之間以令人絕望的速度不斷拉開的距離，他看着愛麗絲一天天墜入不見底的太空深淵。

2048 年初，核爆炸脈衝推進方案宣佈失敗並中止研究，大量試驗表明，沒有材料能夠長時間承受頻繁的近距離核爆炸的衝擊。人們把希望集中在反應堆發動機方案上，至少這個方案是以比較成熟的技術為基礎的。

麥克關注着「獵戶座」計劃的進展，與全世界一起在希望的山峰和絕望的深谷間跌宕起伏。

三年後，反應堆方案也宣佈失敗。「獵戶座」計劃在這個方案上進行了巨大的投入，但工程師們面臨着與化學航天發動機同樣的問題：裂變發動機所產生的能量當然比化學燃料高許多，但對於救援「黃金原野」號的航行來說仍然不夠。

這個晴天霹靂把世界推入絕望的深淵，這一夜，沒有人再走上街頭，城市比往日更加空曠，人們都在家裡悲哀地沉默着，畢竟，能做的都做了。

———

「Alice0412」，2051 年 1 月 13 日，「黃金原野」號漂流第 2574 天，距地球 29 億公里。

這是麥克在「黃金原野」號中呆得最長的一次，近 10 個小時，這漫長的時間裡他甚麼也沒說，只是靜靜地坐在沉睡的愛麗絲身邊。當他離開網絡時，感到自己生命的一部分已經永遠留在了「黃金原野」號上，對自己以後的人生感到一片茫然。

————

2051 年 2 月，「黃金原野」號越過天王星軌道。

————

就在「獵戶座」計劃面臨徹底失敗之際，一個意外的轉機出現了：核聚變發動機的研究有了重大突破。在計劃的眾多研究方向裡，核聚變方案是次要的一個，人們普遍認為這個方案成功的希望最小，畢竟可控核聚變是一個持續了一個世紀的難題。這個方案的研究一直沒有受到關注，與其他主要方案相比對它的投入也較小，但這也讓研究團隊處於壓力較小的寬鬆研究環境中，經過 3 年的努力，他們發現了實現低溫核聚變的途徑，其實現聚變的溫度介於傳統的高溫核聚變和神話般的冷核聚變之間，這使得聚變發動機成為可能。

以後的「獵戶座」計劃是在與時間賽跑。現在，當人們通過網絡進入「黃金原野」號飛船時，最關注的就是控制台上的那個透明的塑膠盒，那裡面放着飛船上所有的「冬神」藥物，現在，盒中的「冬神」已減至最初數量的一半多一點了，如果不能冬眠，飛船上現有的維持生命資源的存量，最多只能讓愛麗絲生存 6 到 8 天。現在，留給「獵戶座」計劃的時間只有 12 年了。

———

2054 年 1 月，「黃金原野」號越過海王星軌道。

———

核聚變飛船的研製和建造雖然面臨着巨大的技術挑戰，仍在全世界的關注下穩步推進。2055 年，聚變發動機成功完成地面試運行；4 年後，「獵戶座」飛船開始在地球軌道上組裝；2061 年，飛船完成了多次無人和載人試航。

2062 年 3 月 5 日，在「黃金原野」飛船發射後的第 19 年，「獵戶座」飛船從地球軌道啟航，開始了救援遠航。在核聚變發動機強勁的加速下，「獵戶座」飛船以相當於「黃金原野」號 80 倍的速度航行，僅用 3 個月就走完了愛麗絲 19 年的航程。

———

網絡越來越擁擠，麥克仍然無法與「黃金原野」號進行 VR 連接，看來他已經不可能在愛麗絲的身邊經歷這人類歷史上最激動人心的時刻了。於是他轉而登錄到「獵戶座」飛船上，這也是他最近通過 VR 網絡經常來的地方。在飛船寬敞的駕駛艙中，他置身於救援隊的 5 名太空人中間，看着前面的大螢幕，上面一部分顯示着「黃金原野」號上愛麗絲的影像，另一部分則是飛船正前方的太空，麥克一時忘記了 4 個多小時的時滯，感覺這一切就在他面前即時發生着。

前方已經可以看到「黃金原野」號了，它像一顆小小的金屬種子懸浮在太空中，表面反射着「獵戶座」飛船最後減速時發動機的光芒。

「對接準備完畢。」飛船中的一個聲音說。

「愛麗絲，等着我們！」飛船的指令長說，對着螢幕上的愛麗絲揮揮手，但接着他的手臂卻懸在空中不動了。

螢幕上的愛麗絲沒有回應救援者的呼喚，透過太空服的面罩可以看到，她的微笑漸漸消散，接着她的臉上所有的表情都消失了，她的目光似乎失去了目標，漠然地注視着前方，接下來影像消失，螢幕全黑，有一個聲音從黑暗中傳出。

「以下這段音訊錄製於地球時間 2043 年 12 月 26 日，是『黃金原野』號飛船發射後的第 16 天。」

麥克能確定這是愛麗絲的聲音，但同過去 19 年中所聽到的不一樣，這聲音虛弱無力，細若遊絲，彷彿發出聲音的那個生命已如風中的殘燭，隨時都會熄滅。

「我不知道現在是甚麼時間，但請注意，在 2043 年 12 月 15 日 5 點至現在的時段裡，『黃金原野』發出的所有資訊均為智能模擬。從現在開始，飛船將發送真實的狀態資訊。」

所有人的目光都轉向了一名太空人，他負責救援行動中的醫護，他看着另外幾個螢幕上顯示的資訊說：「目標飛船上的生命維持系統早在 2043 年 12 月 28 日就完全關閉，飛船上……」他停頓了一下，用更低的聲音說出了剩下的幾個字，「沒有生命跡象。」

麥克盯着越來越近的「黃金原野」號，飛船背景的星空在他眼中驟然變色，群星彷彿變成了一隻寒冷的巨手攥緊了他的心臟。

沉默延續了一段時間，那個孱弱的聲音又出現了。

「沒有『冬神』，」19 年前的愛麗絲說，「從來就沒有過，『生命

遠景』雖然對冬眠藥物進行了多年的研發，但從來沒有成功。後來的『乙太』火箭卻是成功的，它在發射後從來沒有發生過故障，那失控的加速，以及由此造成的『黃金原野』號向外太空的漂移，都是按計劃進行的，雖然這計劃只有我和父親兩人知道。他本來沒打算告訴我，我是在一次偶然的機會得知的。本來他打算自己乘『黃金原野』號飛向外太空，我對他說應該我去，與他這個老男人相比，我更有可能實現他預想的目標。爸爸斷然拒絕了我，但他心裡知道我是對的，在痛苦的心理糾結中他出了車禍……我願意相信那真是車禍。

「『黃金原野』號上的生命維持資源只能夠讓一個太空人存活 15 天左右，我現在只剩下很少的時間了，再次失去知覺應該就醒不過來了，所以錄下了這段聲音。當飛船檢測到有其他的太空飛行器靠近時，這段音訊檔會被播放，我想現在來的很可能是救援飛船，不管現在是哪個年代，也不管你們是誰，謝謝你們，謝謝所有的人。

「有一個傳說：在一個大饑荒的年代，一位老人在彌留之際把他的幾個孩子叫到病榻前，告訴了他們一個自己保守終生的秘密：在村子後面的一片荒地裡埋着大量的黃金。老人死後，他的孩子們就在那片荒地上瘋狂地挖掘，最後發現黃金並不存在，但他們的挖掘把那片荒地開墾為良田，正是這片田地使孩子們在饑荒中生存下來。

「現在，你們知道了這艘飛船名稱的含義。」

這時，螢幕上又出現了圖像，這是現在「黃金原野」號飛船內部的真實圖像，只能看到舷窗，與之前 AI 生成的圖像中那潔淨的舷窗不同，它上面鋪滿了灰塵，已經幾乎不透明了，但仍有一片星光透射進來。

愛麗絲最後說：「請讓我和『黃金原野』號一直航行下去吧，這是一個好的歸宿，飛船飛向我和爸爸都想去的地方。」

————

麥克走出公寓，來到暗淡但真實的星空下，他沒有抬頭看，以後，星空將常駐在他心裡。外面的人越來越多，但城市卻出奇地安靜，好像怕驚擾甚麼。

他聽到近旁一個孩子低聲問：「她會飛到那些星星中間嗎？」

「親愛的，她已經在星星中間了。」孩子的母親說。

「那裡很遠吧？」

「會越來越近的。」

麥克和周圍的人們安靜地等待着黎明，等待着重新開始的，更加廣闊的生活。

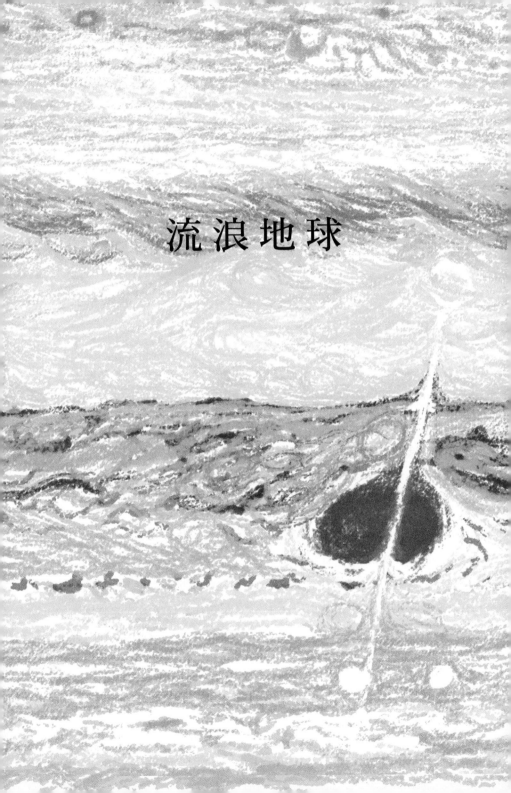

流浪地球

刹車時代

我沒見過黑夜，我沒見過星星，我沒見過春天、秋天和冬天。

我出生在刹車時代結束的時候，那時地球剛剛停止轉動。

地球自轉刹車用了 42 年，比聯合政府的計劃長了 3 年。媽媽給我講過我們全家看最後一個日落的情景，太陽落得很慢，彷彿在地平線上停住了，用了三天三夜才落下去，當然，以後沒有「天」也沒有「夜」了，東半球在相當長的一段時間裡（有十幾年吧）將處於永遠的黃昏中，因為太陽在地平線下並沒落深，還在半邊天上映出它的光芒。就在那次漫長的日落中，我出生了。

黃昏並不意味着昏暗，地球發動機把整個北半球照得通明。地球發動機安裝在亞洲和美洲大陸上，因為只有這兩個大陸完整堅實的版塊結構才能承受發動機對地球巨大的推力。地球發動機共有 12000

台，分佈在亞洲和美洲大陸的各個平原上。

從我住的地方，可以看到幾百台發動機噴出的等離子體光柱。你想像一個巨大的宮殿，有雅典衛城上的神殿那麼大，殿中有無數根頂天立地的巨柱，每根柱子像一根巨大的日光燈管那樣發出藍白色的強光。而你，是那巨大宮殿地板上的一個細菌，這樣，你就可以想像到我所在的世界是甚麼樣子了。其實這樣描述還不是太準確，是地球發動機產生的切線推力分量剎住了地球的自轉，因此地球發動機的噴射必須有一定的角度，這樣天空中的那些巨型光柱是傾斜的，我們是處在一個將要傾倒的巨殿中！南半球的人來到北半球後突然置身於這個環境中，有許多人會神經失常的。

比這景象更可怕的是發動機帶來的酷熱，戶外氣溫高達攝氏七八十度，必須穿冷卻服才能外出。在這樣的氣溫下常常會有暴雨，而發動機光柱穿過烏雲時的景象簡直是一場惡夢！光柱藍白色的強光在雲中散射，變成無數種色彩組成的瘋狂湧動的光暈，整個天空彷彿被白熱的火山岩漿所覆蓋。爺爺老糊塗了，有一次被酷熱折磨得實在受不了，看到下大雨喜出望外，赤膊衝出門去，我們沒來得及攔住他。外面雨點已被地球發動機超高溫的等離子光柱烤熱，把他身上燙脫了一層皮。

但對於我們這一代在北半球出生的人來説，這一切都很自然，就如同對於剎車時代以前的人們，太陽、星星和月亮那麼自然，我們把那以前人類的歷史都叫做前太陽時代，那真是個讓人神往的黃金時代啊！

我在小學入學時，其中一門課程，教師帶我們班的三十個孩子進

行了一次環球旅行。這時地球已經完全停轉，地球發動機除了維持這個行星的這種靜止狀態外，只進行一些姿態調整，所以在從我三歲到六歲這三年中，光柱的光度大為減弱，這使得我們可以在這次旅行中更好地認識我們的世界。

我們首先在近距離見到了地球發動機，是在石家莊附近的太行山出口處看到它的，那是一座金屬的高山，在我們面前赫然聳立，佔據了半個天空，同它相比，西邊的太行山山脈如同一串小土丘。有的孩子驚歎它如珠峰一樣高。我們的班主任小星老師是一位漂亮姑娘，她笑着告訴我們，這座發動機的高度是 11000 米，比珠峰還要高一千多米，人們管它們叫「上帝的噴燈」。我們站在它巨大的陰影中，感受着它通過大地轉來的振動。

地球發動機分為兩大類，大一些的叫「山」，小一些的叫「峰」。我們登上了「華北 794 號山」。登「山」比登「峰」花的時間長，因為「峰」是靠巨型電梯上下的，上「山」則要坐汽車沿盤「山」公路走。我們的汽車混在不見首尾的長車隊中，沿着光滑的鋼鐵公路向上爬行。我們的左邊是青色的金屬峭壁，右邊是萬丈深淵。

車隊是由 50 噸的巨型自卸卡車組成，車上滿載着從太行山上挖下的岩石。汽車很快升到了 5000 米以上，下面的大地已看不清細節，只能看到地球發動機反射的一片青光。小星老師讓我們帶上氧氣面罩。隨着我們距噴口越來越近，光度和溫度都在劇增，面罩的顏色漸漸變深，冷卻服中的微型壓縮機也大功率地忙碌起來。在 6000 米處，我們見到了進料口，一車車的大石塊倒進那閃着幽幽紅光的大洞中，一點聲音都沒傳出來。我問小星老師地球發動機是如何把岩石做

燃料的。

「重元素聚變是一門很深的學問，現在給你們還講不明白。你們只需要知道，地球發動機是人類建造的力量最大的機器，比如我們所在的『華北794號』，全功率運行時能向大地產生150億噸的推力。」

我們的汽車終於登上了頂峰，噴口就在我們頭頂上。由於光柱的直徑太大，我們現在抬頭看到的是一堵發着藍光的等離子體巨牆，這巨牆向上伸延到無限高處。

這時，我突然想起不久前的一堂哲學課，那個憔悴的老師給我們出了一個迷語：「你在平原上走着走着，突然迎面遇到一堵牆，這牆向上無限高，向下無限深，向左無限遠，向右無限遠，這牆是甚麼？」

我打了一個寒戰，接着把這個迷語告訴了身邊的小星老師。她想了好大一會兒，困惑地搖搖頭。我把嘴湊到她耳邊，把那個可怕的迷底告訴她：「死亡。」

她默默地看了我幾秒鐘，突然把我緊緊地抱在懷裡。我從她的肩上極目望去，迷濛的大地上，聳立着一片金屬的巨峰，從我們周圍一直延伸到地平線。巨峰吐出的光柱，如一片傾斜的宇宙森林，刺破我們搖搖欲墜的天空。

我們很快到達了海邊，看到城市摩天大樓的尖頂伸出海面，退潮時白花花的海水從大樓無數的窗子中流出，形成一道道瀑布……刹車時代剛剛結束，其對地球的影響已觸目驚心：地球發動機加速造成的潮汐吞沒了北半球三分之二的大城市，發動機帶來的全球高溫融化了極地冰川，更使這大洪水雪上加霜，波及到南半球。爺爺在三十年前親眼目睹了百米高的巨浪吞沒上海的情景，他現在講這事的時候眼還

直勾勾的。事實上，我們的星球還沒啟程就已面目全非了，誰知道在以後漫長的外太空流浪中，還有多少苦難在等着我們呢？

我們乘上一種叫「船」的古老交通工具在海面上航行。地球發動機的光柱在後面越來越遠，一天以後就完全看不見了。這時，大海處在兩片霞光之間，一片是西面地球發動機的光柱產生的青藍色霞光，一片是東方海平面下的太陽產生的粉紅色霞光，它們在海面上的反射使大海也分成了閃耀着兩色光芒的兩部分，我們的船就行駛在這兩部分的分界處，這景色真是奇妙。但隨着青藍色霞光的漸漸減弱和粉紅色霞光的漸漸增強，一種不安的氣氛在船上瀰漫開來。甲板見不到孩子們了，他們都躲在船艙裡不出來，舷窗的簾子也被緊緊拉上。一天後，我們最害怕的那一時刻終於到來了，我們集合在那間用做教室的大艙中，小星老師莊嚴地宣佈：「孩子們，我們要去看日出了。」

沒有人動，我們目光呆滯，像突然凍住一樣僵在那兒。小星老師又催了幾次，還是沒人動地方。她的一位男同事説：「我早就提過，環球體驗課應該放在近代史課前面，學生在心理上就比較容易適應了。」

「沒那麼簡單，在近代史課前，他們早就從社會知道一切了。」小星老師説，她接着對幾位班幹部説：「你們先走，孩子們，不要怕，我小時候第一次看日出也很緊張的，但看過一次就好了。」

孩子們終於一個個站了起來，朝着艙門挪動腳步。這時，我感到一隻濕濕的小手抓住了我的手，回頭一看，是靈兒。

「我怕……」她嚶嚶地説。

「我們在電視上也看到過太陽，反正都一樣的。」我安慰她説。

「怎麼會一樣呢，你在電視上看蛇和看真蛇一樣嗎？」

「⋯⋯反正我們得上去，要不這門課會扣分的！」

我和靈兒緊緊拉着手，和其他孩子一起戰戰兢兢地朝甲板走去，去面對我們人生中的第一次日出。

「其實，人類把太陽同恐懼連在一起也只是這三四個世紀的事。這之前，人類是不怕太陽的，相反，太陽在他們眼中是莊嚴和壯美的。那時地球還在轉動，人們每天都能看到日出和日落。他們對着初升的太陽歡呼，讚頌落日的美麗。」小星老師站在船頭對我們說，海風吹動着她的長髮，在她身後，海天連線處射出幾道光芒，好像海面下的一頭大得無法想像的怪獸噴出的鼻息。

終於，我們看到了那令人膽寒的火焰，開始時只是天水連線上的一個亮點，很快增大，漸漸顯示出了圓弧的形狀。這時，我感到自己的喉嚨被甚麼東西掐住了，恐懼使我窒息，腳下的甲板彷彿突然消失，我在向海的深淵墜下去，墜下去⋯⋯和我一起下墜的還有靈兒，她那蛛絲般柔弱的小身軀緊貼着我顫抖着；還有其他孩子，其他的所有人，整個世界，都在下墜。這時我又想起了那個迷語，我曾問過哲學老師，那堵牆是甚麼顏色的，他說應該是黑色的。我覺得不對，我想像中的死亡之牆應該是雪亮的，這就是為甚麼那道等離子體牆讓我想起了它。這個時代，死亡不再是黑色的，它是閃電的顏色，當那最後的閃電到來時，世界將在瞬間變成蒸汽。

三個多世紀前，天體物理學家們就發現這太陽內部氫轉化為氦的速度突然加快，於是他們發射了上萬個探測器穿過太陽，最終建立了這顆恆星完整精確的數學模型。巨型電腦對這個模型計算的結果表明，太陽的演化已向主星序外偏移，氦元素的聚變將在很短的時間內

傳遍整個太陽內部，由此產生一次叫氦閃的劇烈爆炸，之後，太陽將變為一顆巨大但暗淡的紅巨星，它膨脹到如此之大，地球將在太陽內部運行！事實上在這之前的氦閃爆發中，我們的星球已被汽化了。

這一切將在 400 年內發生，現在已過了 380 年。

太陽的災變將炸毀和吞沒太陽系所有適合居住的類地行星，並使所有類木行星完全改變形態和軌道。自第一次氦閃後，隨着重元素在太陽中心的反覆聚集，太陽氦閃將在一段時間反覆發生，這「一段時間」是相對於恆星演化來說的，其長度可能相當於上千個人類歷史。所以，人類在以後的太陽系中已無法生存下去，唯一的生路是向外太空恆星際移民，而照人類目前的技術力量，全人類移民唯一可行的目標是人馬座比鄰星，這是距我們最近的恆星，有 4.3 光年的路程。以上看法人們已達成共識，爭論的焦點在移民方式上。

為了加強教學效果，我們的船在太平洋上折返了兩次，又給我們製造了兩次日出。現在我們已完全適應了，也相信了南半球那些每天面對太陽的孩子確實能活下去。

以後我們就在太陽下航行了，太陽在空中越升越高，這幾天涼爽下來的天氣又熱了起來。我正在自己的艙裡昏昏欲睡，聽到外面有騷亂的人聲。靈兒推開門探進頭來。

「嗨，飛船派和地球派又打起來了！」

我對這事兒不感興趣，他們已經打了四個世紀了。但我還是到外面看了看，在那打成一團的幾個男孩兒中，一眼就看出了挑起事兒的是阿東，他爸爸是個頑固的飛船派，因參加一次反聯合政府的暴動，現在還被關監獄裡，有其父必有其子。

小星老師和幾名粗壯的船員好不容易才拉開架，阿東鼻子血乎乎的，振臂高呼：「把地球派扔到海裡去！」

「我也是地球派，也要扔到海裡去？」小星老師問。

「地球派都扔到海裡去！」阿東毫不示弱，現在，全世界飛船派情緒又呈上升趨勢，所以他們又狂起來了。

「為甚麼這麼恨我們？」小星老師問，其他幾個飛船派小子接着喊了起來。

「我們不和地球派傻瓜在地球上等死！」

「我們要坐飛船走！飛船萬歲！」

……

小星老師按了一下手腕上的全息顯示器，我們面前的空中立刻顯示出一幅全息圖像，孩子們的注意力立刻被它吸引過去，暫時安靜下來。那是一個晶瑩透明的密封玻璃球，大約有 10 厘米直徑，球裡有三分之二充滿了水，水中有一隻小蝦、一小枝珊瑚和一些綠色的藻類植物，小蝦在水中悠然地游動着。小星老師説：「這是阿東的一件自然課的設計作業，小球中除了這幾樣東西外，還有一些看不見的細菌。它們在密封的玻璃球中相互依賴、相互作用。小蝦以海藻為食，從水中攝取氧氣，然後排出含有機物質的糞便和二氧化碳廢氣，細菌將這些東西分解成無機物質和二氧化碳，然後海藻利用了這些無機物質與人造陽光進行光合作用，製造營養物質，進行生長和繁殖，同時放出氧氣供小蝦呼吸。這樣的生態迴圈應該能使玻璃球中的生物在只有陽光供應的情況下生生不息。這是我見過的最好的課程設計，我知道，這裡面凝聚了阿東和所有飛船派孩子的夢想，這就是你們夢中飛船的

縮影啊！阿東告訴我，他按照電腦中嚴格的數學模型，對球中每一樣生物進行了基因設計，使他們的新陳代謝正好達到平衡。他堅信，球中的生命世界會長期活下去，直到小蝦壽命的終點。老師們都很鍾愛這件作業，我們把它放到所要求強度的人造陽光下，也堅信阿東的預測，默默地祝福他創造的這個小小的世界。但現在，時間只過去了十幾天……」

小星老師從隨身帶來的一個小箱子中小心翼翼地拿出了那個玻璃球，死去的小蝦漂浮在水面上，水已混濁不堪，腐爛的藻類植物已失去了綠色，變成一團沒有生命的毛狀物覆蓋在珊瑚上。

「這個小世界死了。孩子們，誰能說出為甚麼？」小星老師把那個死亡的世界舉到孩子們面前。

「它太小了！」

「說的對，太小了，小的生態系統，不管多麼精確，是經不起時間的風浪的。飛船派們想像中的飛船也一樣。」

「我們的飛船可以造得像上海或紐約那麼大。」阿東說，聲音比剛才低了許多。

「是的，按人類目前的技術也只能造這麼大，同地球相比，這樣的生態系統還是太小了，太小了。」

「我們會找到新的行星。」

「這連你們自己也不相信。人馬座沒有行星，最近的有行星的恆星在 850 光年以外，目前人類能建造的最快的飛船也只能達到光速的 0.5%，這樣就需 17 萬年時間才能到那兒，飛船規模的生態系統連這十分之一的時間都維持不了。孩子們，只有像地球這樣規模的生態系

統，這樣氣勢磅礴的生態迴圈，才能使生命萬代不息！人類在宇宙間離開了地球，就像嬰兒在沙漠裡離開了母親！」

「可……老師，我們來不及的，地球來不及的，它還來不及加速到足夠快，航到足夠遠，太陽就爆炸了！」

「時間是夠的，要相信聯合政府！這我說了多少遍，如果你們還不相信，我們就退一萬步說：人類將自豪地去死，因為我們盡了最大的努力！」

人類的逃亡分為五步：第一步，用地球發動機使地球停止轉動，使發動機噴口固定在地球運行的反方向；第二步，全功率開動地球發動機，使地球加速到逃逸速度，飛出太陽系；第三步，在外太空繼續加速，飛向比鄰星；第四步，在中途使地球重新自轉，調轉發動機方向，開始減速；第五步，地球泊入比鄰星軌道，成為這顆恆星的行星。人們把這五步分別稱為剎車時代、逃逸時代、流浪時代 I（加速）、流浪時代 II（減速）、新太陽時代。

整個移民過程將延續 2500 年時間，一百代人。

我們的船繼續航行，航到了地球黑夜的部分，在這裡，陽光和地球發動機的光柱都照不到，在大西洋清涼的海風中，我們這些孩子第一次看到了星空。天啊，那是怎樣的景象啊，美得讓我們心碎。小星老師一手摟着我們，一手指着星空：「看，孩子們，那就是人馬座，那就是比鄰星，那就是我們的新家！」說完她哭了起來，我們也都跟着哭了，周圍的水手和船長，這些鐵打的漢子也流下了眼淚。所有的人都用淚眼探望着老師指的方向，星空在淚水中扭曲抖動，唯有那個星星是不動的，那是黑夜大海狂浪中遠方陸地的燈塔，那是冰雪荒原

中快要凍死的孤獨旅人前方隱現的火光，那是我們心中的星星，是人類在未來一百代人的苦海中唯一的希望和支撐⋯⋯

在回家的航程中，我們看到了啟航的第一個信號：夜空中出現了一個巨大的彗星，那是月球。人類帶不走月球，就在月球上也安裝了行星發動機，把它推離地球軌道，以免在地球加速時相撞。月球上行星發動機產生的巨大彗尾使大海籠罩在一片藍光之中，群星看不見了。月球移動產生的引力潮汐使大海巨浪沖天，我們改乘飛機向南半球的家飛去。

啟航的日子終於到了！

我們一下飛機，就被地球發動機的光柱照得睜不開眼，這些光柱比以前亮了幾倍，而且所有光柱都由傾斜變成筆直，地球發動機開到了最大功率，加速產生的百米巨浪轟鳴着滾上每個大陸，灼熱的颶風夾着滾燙的水沫，在林立的頂天立地的等離子光柱間瘋狂呼嘯，拔起了陸地上所有的大樹⋯⋯這時從宇宙空間看，我們的星球也成了一個巨大的彗星，藍色的彗尾刺破了黑暗的太空。

地球上路了，人類上路了。

就在啟航時，爺爺去世了，他身上的燙傷已經感染。彌留之際他反覆念叨着一句話：

「啊，地球，我的流浪地球啊⋯⋯」

逃逸時代

學校要搬入地下城了，我們是第一批入城的居民。校車鑽進了一

個高大的隧洞，隧洞以不大的坡度向地下延伸。走了有半個鐘頭，我們被告知已入城了。可車窗外哪有城市的樣子？只看到不斷掠過的錯綜複雜的支洞，和洞壁上無數的密封門，在高高洞頂一排泛光燈下，一切都呈單調的金屬藍色。想到後半生的大部分時光都要在這個世界中渡過，我們不禁黯然神傷。

「原始人就住洞裡，我們又住洞裡了。」靈兒低聲説，這話還是讓小星老師聽見了。

「沒有辦法的，孩子們，地面的環境很快就要變得很可怕很可怕，那時，冷的時候，吐一口唾沫，還沒掉到地上呢，就凍成小冰塊兒了；熱的時候，再吐一口唾沫，還沒掉到地上，就變成蒸汽了！」

「冷我知道，因為地球離太陽越來越遠了；可為甚麼還會熱呢？」同車的一個低年級的小娃娃問。

「笨，沒學過變軌加速嗎？」我沒好氣地説。

「沒。」

靈兒耐心地解釋起來，好像是為了分散剛才的悲傷。「是這樣：跟你想的不同，地球發動機沒那麼大勁兒，它只能給地球很小的加速度，不能把地球一下子推出太陽軌道，在地球離開太陽前，還要繞着它轉 15 個圈呢！在這 15 個圈中地球慢慢加速。現在，地球繞太陽轉着一個挺圓的圈兒，可它的速度越快呢，這圈就越扁，越快越扁越快越扁，太陽越來越移到這個扁圈的一邊兒，所以後來，地球有時離太陽會很遠很遠，當然冷了……」

「可……還是不對！地球到最遠的地兒是很冷，可在扁圈的另一頭兒，它離太陽……嗯，我想想，按軌道動力學，還是現在這麼近

啊，怎麼會更熱呢？」

真是個小天才，記憶遺傳技術使這樣的小娃娃成了平常人，這是人類的幸運，否則，像地球發動機這樣連神都不敢想的奇跡，是不會在四個世紀內變成現實的。

我說：「可還有地球發動機呢，小傻瓜，現在，一萬多台那樣的大噴燈全功率開動，地球就成了火箭噴口的護圈了……你們安靜點吧，我心裡煩！」

我們就這樣開始了地下的生活，像這樣在地下 500 米處人口超過百萬的城市遍佈各個大陸。在這樣的地下城中，我讀完小學並升入中學。學校教育都集中在理工科上，藝術和哲學之類的教育已壓縮到最少，人類沒有這份閒心了。這是人類最忙的時代，每個人都有做不完的工作。很有意思的是，地球上所有的宗教在一夜之間消失得無影無蹤，人們現在終於明白，就算真有上帝，他也是個王八蛋。歷史課還是有的，只是課本中前太陽時代的人類歷史對我們就像伊甸園中的神話一樣。

父親是空軍的一名近地軌道太空人，在家的時間很少。記得在變軌加速的第五年，在地球處於遠日點時，我們全家到海邊去過一次。運行到遠日點頂端那一天，是一個如同新年或耶誕節一樣的節日，因為這時地球距太陽最遠，人們都有一種虛幻的安全感。像以前到地面上去一樣，我們需穿上帶有核電池的全密封加熱服。外面，地球發動機林立的刺目光柱是主要能看見的東西，地面世界的其他部分都淹沒於光柱的強光中，也看不出變化。我們乘飛行汽車飛了很長時間，到了光柱照不到的地方，到了能看見太陽的海邊。這時的太陽已成了一

個棒球大小，一動不動地懸在天邊，它的光芒只在自己的周圍映出了一圈晨曦似的亮影，天空呈暗暗的深藍色，星星仍清晰可見。舉目望去，哪有海啊，眼前是一片白茫茫的冰原。在這封凍的大海上，有大群狂歡的人。焰火在暗藍色的空中開放，冰凍海面上的人們以一種不正常的感情在狂歡着，到處都是喝醉了在冰上打滾的人，更多的人在聲嘶力竭地唱着不同的歌，都想用自己的聲音壓住別人。

「每個人都在不顧一切地過自己想過的生活，這也沒有甚麼不好。」爸爸突然想起了一件事，「呵，忘了告訴你們，我愛上了黎星，我要離開你們和她在一起。」

「這是誰？」媽媽平靜地問。

「我的小學老師。」我替爸爸回答。我升入中學已兩年，不知道爸爸和小星老師是怎麼認識的，也許是在兩年前的畢業儀式上？

「那你去吧。」媽媽說。

「過一陣我肯定會厭倦，那時我就回來，你看呢？」

「你要願意當然行。」媽媽的聲音像冰凍的海面一樣平穩，但很快激動起來：「啊，這一顆真漂亮，裡面一定有全息散射體！」她指着剛在空中開放的一朵焰火，真誠地讚美着。

在這個時代，人們在看四個世紀以前的電影和小說時都莫名其妙，他們不明白，前太陽時代的人怎麼會在不關生死的事情上傾注那麼多的感情。當看到男女主人公為愛情而痛苦或哭泣時，他們的驚奇是難以言表的。在這個時代，死亡的威脅和逃生的慾望壓倒了一切，除了當前太陽的狀態和地球的位置，沒有甚麼能真正引起他們的注意並打動他們了。這種注意力高度集中的關注，漸漸從本質上改變了人

類的心理狀態和精神生活，對於愛情這類東西，他們只是用餘光瞥一下而已，就像賭徒在盯着輪盤的間隙抓住幾秒鐘喝口水一樣。

過了兩個月，爸爸真從小星老師那兒回來了，媽媽沒有高興，也沒有不高興。

爸爸對我說：「黎星對你印象很好，她說你是一個有創造力的學生。」

媽媽一臉茫然：「這是誰？」

「小星老師嘛，我的小學老師，爸爸這兩個月就是同她在一起的！」

「哦，想起來了！」媽媽搖頭笑了：「我還不到四十，記憶力就成了這個樣子。」她抬頭看看天花板上的全息星空，又看看四壁的全息森林，「你回來挺好，把這些圖像換換吧，我和孩子都看膩了，但我們都不會調整這玩藝兒。」

當地球再次向太陽跌去的時候，我們全家都把這事忘了。

有一天，新聞報導海在融化，於是我們全家又到海邊去。這是地球通過火星軌道的時候，按照這時太陽的光照量，地球的氣溫應該仍然是很低的，但由於地球發動機的影響，地面的氣溫正適宜。能不穿加熱服或冷卻服去地面，那感覺真令人愉快。地球發動機所在的這個半球天空還是那個樣子，但到達另一個半球時，真正感到了太陽的臨近：天空是明朗的純藍色，太陽在空中已同啟航前一樣明亮了。可我們從空中看到海並沒融化，還是一片白色的冰原。當我們失望地走出飛行汽車時，聽到驚天動地的隆隆聲，那聲音彷彿來自這顆星球的最深處，真像地球要爆炸一樣。

「這是大海的聲音！」爸爸說，「因為氣溫驟升，厚厚的海冰層受熱不均勻，這很像陸地上的地震。」

突然，一聲雷霆般尖利的巨響插進這低沉的隆隆聲中，我們後面看海的人們歡呼起來。我看到海面上裂開一道長縫，其開裂速度之快如同廣闊的冰原上突然出現的一道黑色的閃電。接着在不斷的巨響中，這樣的裂縫一條接一條地在海冰上出現，海水從所有的裂縫中噴出，在冰原上形成一條條迅速擴散的急流……

回家的路上，我們看到荒蕪已久的大地上，野草在大片大片地鑽出地面，各種花朵在怒放，嫩葉給枯死的森林披上綠裝……所有的生命都在抓緊時間發洩着活力。

隨着地球和太陽的距離越來越近，人們的心也一天天揪緊了。到地面上來欣賞春色的人越來越少，大部分人都深深地躲進了地下城中，這不是為了躲避即將到來的酷熱、暴雨和颶風，而是躲避那隨着太陽越來越近的恐懼。

有一天在我睡下後，聽到媽媽低聲對爸爸說：「可能真的來不及了。」

爸爸說：「前四個近日點時也有這種謠言。」

「可這次是真的，我是從錢德勒博士夫人口中聽說的，她丈夫是航行委員會的那個天文學家，你們都知道他的。他親口告訴她已觀測到氦的聚集在加速。」

「你聽着親愛的，我們必須抱有希望，這並不是因為希望真的存在，而是因為我們要做高貴的人。在前太陽時代，做一個高貴的人必須擁有金錢、權力或才能，而在今天只要擁有希望，希望是這個時

代的黃金和寶石，不管活多長，我們都要擁有它！明天把這話告訴孩子。」

和所有的人一樣，我也隨着近日點的到來而心神不定。有一天放學後，我不知不覺走到了城市中心廣場，在廣場中央有噴泉的圓形水池邊呆立着，時而低頭看着藍瑩瑩的池水，時而抬頭望着廣場圓形穹頂上夢幻般的光波紋，那是池水反射上去的。這時我看到了靈兒，她拿着一個小瓶子和一根小管兒，在吹肥皂泡。每吹出一串，她都呆呆地盯着空中漂浮的泡泡，看着它們一個個消失，然後再吹出一串……

「都這麼大了還幹這個，這好玩嗎？」我走過去問她。

靈兒見了我以後喜出望外，「我們倆去旅行吧！」

「旅行？去哪？」

「當然是地面啦！」她揮手在空中劃了一下，從手腕上的電腦甩出一幅全息景象，顯示出一個落日下的海灘，微風吹拂着棕櫚樹，道道白浪，金黃的沙灘上有一對對的情侶，他們在鋪滿碎金的海面前呈一對對黑色的剪影。「這是夢娜和大剛發回來的，他們倆現在還滿世界轉呢，他們說外面現在還不太熱，外面可好呢，我們去吧！」

「他們因為曠課剛被學校開除了。」

「哼，你根本不是怕這個，你是怕太陽！」

「你不怕嗎？別忘了你因為怕太陽還看過精神科醫生呢。」

「可我現在不一樣了，我受到了啟示！你看，」靈兒用小管兒吹出了一串肥皂泡，「盯着它看！」她用手指着一個肥皂泡說。

我盯着那個泡泡，看到它表面上光和色的狂瀾，那狂瀾以人的感覺無法把握的複雜和精細在湧動，好像那個泡泡知道自己生命的長

度，瘋狂地把自己渺如煙海的記憶中無數的夢幻和傳奇向世界演繹。很快，光和色的狂瀾在一次無聲的爆炸中消失了，我看到了一小片似有似無的水汽，這水汽也只存在了半秒鐘，然後甚麼都沒有了，好像甚麼都沒有存在過。

「看到了嗎？地球就是宇宙中的一個小水泡，啪一下，甚麼都沒了，有甚麼好怕的呢？」

「不是這樣的，據計算，在氦閃發生時，地球被完全蒸發掉至少需要 100 個小時。」

「這就是最可怕之處了！」靈兒大叫起來，「我們在這地下 500米，就像餡餅裡的肉餡一樣，先給慢慢烤熟了，再蒸發掉！」

一陣冷戰傳遍我的全身。

「但在地面就不一樣了，那裡的一切瞬間被蒸發，地面上的人就像那泡泡一樣，啪一下……所以，氦閃時還是在地面上為好。」

不知為甚麼，我沒同她去，她就同阿東去了，我以後再也沒見到他們。

氦閃並沒有發生，地球高速掠過了近日點，第六次向遠日點升去，人們繃緊的神經鬆馳下來。由於地球自轉已停止，在太陽軌道的這一面，亞洲大陸上的地球發動機正對它的運行方向，所以在通過近日點前都停了下來，只是偶爾做一些調整姿態的運行，我們這兒處於寧靜而漫長的黑夜之中。美洲大陸上的發動機則全功率運行，那裡成了火箭噴口的護圈。由於太陽這時也處於西半球，那兒的高溫更是可怕，草木生煙。

地球的變軌加速就這樣年復一年地進行着。每當地球向遠日點升

去時，人們的心也隨着地球與太陽距離的日益拉長而放鬆；而當它在新的一年向太陽跌去時，人們的心一天天緊縮起來。每次到達近日點，社會上就謠言四起，説太陽氦閃就要在這時發生了；直到地球再次升向遠日點，人們的恐懼才隨着天空中漸漸變小的太陽平息下來，但又在準備着下一次的恐懼……人類的精神像在盪着一個宇宙鞦韆，更適當地説，在經歷着一場宇宙俄羅斯輪盤：升上遠日點和跌向太陽的過程是在轉動彈倉，掠過近日點時則是扣動扳機！每扣一次時的神經比上一次更緊張，我就是在這種交替的恐懼中渡過了自己的少年時代。其實仔細想想，即使在遠日點，地球也未脱離太陽氦閃的威力圈，如果那時太陽爆發，地球不是被氣化而是被慢慢液化，那種結果還真不如在近日點。

在逃逸時代，大災難接踵而至。

由於地球發動機產生的加速度及運行軌道的改變，地核中鐵鎳核心的平衡被擾動，其影響穿過古騰堡不連續面，波及地幔，各個大陸地熱逸出，火山橫行，這對於人類的地下城市是致命的威脅。從第六次變軌週期後，在各大陸的地下城中，岩漿滲入災難頻繁發生。

那天當警報響起來的時候，我正走在放學回家的路上，聽到市政廳的廣播：「F112 市全體市民注意，城市北部屏障已被地應力破壞，岩漿滲入！岩漿滲入！現在岩漿流已到達第四街區！公路出口被封死，全體市民到中心廣場集合，通過升降向地面撤離。注意，撤離時按危急法第五條行事，強調一遍，撤離時按危急法第五條行事！」

我環視了一下四周迷宮般的通道，地下城現在看上去並沒有甚麼異常。但我知道現在的危險：只有兩條通向外部的地下公路，其中一

條去年因加固屏障的需要已被堵死，如果剩下的這條也堵死了，就只有通過經豎井直通地面的升降梯逃命了。升降梯的載運量很小，要把這座城市的 36 萬人運出去需要很長時間。但也沒有必要去爭奪生存的機會，聯合政府的危急法把一切都安排好了。

古代曾有過一個倫理學問題：當洪水到來時，一個只能救走一個人的男人，是去救他的父親呢，還是去救他的兒子？在這個時代的人看來，提出這個問題很不可理解。

當我到達中心廣場時，看到人們已按年齡排起了長長的隊。最靠近電梯口的是由機器人保育員抱着的嬰兒，然後是幼稚園的孩子，再往後是小學生……我排在隊伍中間靠前的部分。爸爸現在在近地軌道值班，城裡只有我和媽媽，我現在看不到媽媽，就順着長長的隊伍跑，沒跑多遠就被士兵攔住了。我知道她在最後一段，因為這個城市主要是學校集中地，家庭很少，她已經算年紀大的那批人了。

長隊以讓人心裡着火的慢速度向前移動，三個小時後輪到我跨進升降梯時，心裡一點都不輕鬆，因為這時在媽媽和生存之間，還隔着兩萬多名大學生呢！而我已聞到了濃烈的硫磺味……

我到地面兩個半小時後，岩漿就在 500 米深的地下吞沒了整座城市。我心如刀絞地想像着媽媽最後的時刻：她同沒能撤出的 18000 人一起，看着岩漿湧進市中心廣場。那時已經停電，整個地下城只有岩漿那恐怖的暗紅色光芒。廣場那高大的白色穹頂在高溫中漸漸變黑，所有的遇難者可能還沒接觸到岩漿，就被這上千度的高溫奪去了生命。

但生活還在繼續，這嚴酷恐懼的現實中，愛情仍不時閃現出迷人

的火花。為了緩解人們的緊張情緒，在第十二次到達遠日點時，聯合政府居然恢復了中斷達兩世紀的奧運會。我作為一名機動冰橇拉力賽的選手參加了奧運會，比賽是駕駛機動冰橇，從上海出發，從冰面上橫穿封凍的太平洋，到達終點紐約。

發令槍響過之後，上百架雪橇在冰凍的海洋上以每小時 200 公里左右的速度出發了。開始還有幾架雪橇相伴，但兩天後，他們或前或後，都消失在地平線之外。這時背後地球發動機的光芒已經看不到了，我正處於地球最黑的部分。在我眼中，世界就是由廣闊的星空和向四面無限延伸的冰原組成的，這冰原似乎一直延伸到宇宙的盡頭，或者它本身就是宇宙的盡頭。而在無限的星空和無限的冰原組成的宇宙中，只有我一個人！雪崩般的孤獨感壓倒了我，我想哭。我拚命地趕路，名次已無關緊要，只是為了在這可怕的孤獨感殺死我之前儘早地擺脫它，而那想像中的彼岸似乎根本就不存在。

就在這時，我看到天邊出現了一個人影。近了些後，我發現那是一個姑娘，正站在她的雪橇旁，她的長髮在冰原上的寒風中飄動着。你知道這時遇見一個姑娘意味着甚麼，我們的後半生由此決定了。她是日本人，叫山彬加代子。女子組比我們先出發 12 個小時，她的雪橇卡在冰縫中，把一根滑桿卡斷了。我一邊幫她修雪橇，一邊把自己剛才的感覺告訴她。

「您説的太對了，我也是那樣的感覺！是的，好像整個宇宙中就只有你一個人！知道嗎？我看到您從遠方出現時，就像看到太陽升起一樣耶！」

「那你為甚麼不叫救援飛機？」

「這是一場體現人類精神的比賽，要知道，流浪地球在宇宙中是叫不到救援的！」她揮動着小拳頭，以日本人特有的執着說。

「不過現在總得叫了，我們都沒有備用滑杆，你的雪橇修不好了。」

「那我們坐您的雪橇一起走好嗎？如果您不在意名次的話。」

我當然不在意，於是我和加代子一起在冰凍的太平洋上走完了剩下的漫長路程。經過夏威夷後，我們看到了天邊的曙光。在這被那個小小的太陽照亮的無際冰原上，我們向聯合政府的民政部發去了結婚申請。

當我們到達紐約時，這個項目的裁判們早等得不耐煩，收攤走了。但有一個民政局的官員在等着我們，他向我們致以新婚的祝賀，然後開始履行他的職責：他揮手在空中劃出一個全息圖像，上面整齊地排列着幾萬個圓點，這是這幾天全世界向聯合政府登記結婚的數目。由於環境的嚴酷，法律規定每三對新婚配偶中只有一對有生育權，抽籤決定。加代子對着半空中那幾萬個點猶豫了半天，點了中間的一個。當那個點變為綠色時，她高興得跳了起來。但我的心中卻不知是甚麼滋味，我的孩子出生在這個苦難的時代，是幸運還是不幸呢？那個官員倒是興高采烈，他說每當一對兒「點綠」的時候他都十分高興，他拿出了一瓶伏特加，我們三個輪着一人一口地喝着，都為人類的延續乾杯。我們身後，遙遠的太陽用它微弱的光芒給自由女神像鍍上了一層金輝，對面，是已無人居住的曼克頓的摩天大樓群，微弱的陽光把它們的影子長長地投在紐約港寂靜的冰面上，醉意朦朧的我，眼淚湧了出來。

地球，我的流浪地球啊！

分手前，官員遞給我們一串鑰匙，醉醺醺地說：「這是你們在亞洲分到的房子，回家吧，哦，家多好啊！」

「有甚麼好的？」我漠然地說，「亞洲的地下城充滿危險，這你們在西半球當然體會不到。」

「我們馬上也有你們體會不到的危險了，地球又要穿過小行星帶，這次是西半球對着運行方向。」

「上幾個變軌週期也經過小行星帶，不是沒甚麼大事嗎？」

「那只是擦着小行星帶的邊緣走，太空艦隊當然能應付，他們可以用鐳射和核彈把地球航線上的那些小石塊都清除掉。但這次……你們沒看新聞？這次地球要從小行星帶正中穿過去！艦隊只能對付那些大石塊，唉……」

在回亞洲的飛機上，加代子問我：「那些石塊很大嗎？」

我父親現在就在太空艦隊幹那件工作，所以儘管政府為了避免驚慌照例封鎖消息，我還是知道一些情況。我告訴加代子，那些石塊大得像一座大山，5千萬噸級的熱核炸彈只能在上面打出一個小坑。「他們就要使用人類手中的威力最大的武器了！」我神秘地告訴加代子。

「你是說反物質炸彈？！」

「還能是甚麼？」

「太空艦隊的巡航範圍是多遠？」

「現在他們力量有限，我爸說只有150萬公里左右。」

「啊，那我們能看到了！」

「最好別看。」

　　加代子還是看了，而且是沒戴護目鏡看的。反物質炸彈的第一次閃光是在我們起飛不久後從太空傳來的，那時加代子正在欣賞飛機舷窗外空中的星星，這使她的雙眼失明了一個多小時，以後的一個多月眼睛都紅腫流淚。那真是讓人心驚肉跳的時刻，反物質炸彈不斷地擊中小行星，湮滅的強光此起彼伏地在漆黑的太空中閃現，彷彿宇宙中有一群巨人圍著地球用閃光燈瘋狂拍照似的。

　　半小時後，我們看到了火流星，它們拖著長長的火尾劃破長空，給人一種恐怖的美感。火流星越來越多，每一個在空中劃過的距離越來越長。突然，機身在一聲巨響中震顫了一下，緊接著又是連續的巨響和震顫。加代子驚叫著撲到我懷中，她顯然以為飛機被流星擊中了，這時艙裡響起了機長的聲音：

　　「請各位乘客不要驚慌，這是流星衝破音障產生的超音速爆音，請大家戴上耳機，否則您的聽覺會受到永久的損害。由於飛行安全已無法保證，我們將在夏威夷緊急降落。」

　　這時我盯住了一個火流星，那個火球的體積比別的大出許多，我不相信它能在大氣中燒完。果然，那火球疾馳過大半個天空，越來越小，但還是墜入了冰海。從萬米高空看到，海面被擊中的位置出現了一個小白點，那白點立刻擴散成一個白色的圓圈，圓圈迅速在海面擴大。

　　「那是浪嗎？」加代子顫著聲兒問我。

　　「是浪，上百米的浪。不過海封凍了，冰面會很快使它衰減的。」我自我安慰地說，不再看下面。

　　我們很快在檀香山降落，由當地政府安排去地下城。我們的汽車

沿着海岸走，天空中佈滿了火流星，那些紅髮惡魔好像是從太空中的某一個點同時迸發出來的。一顆流星在距海岸不遠處擊中了海面，沒有看到水柱，但水蒸汽形成的白色蘑菇雲高高地升起。湧浪從冰層下傳到岸邊，厚厚的冰層轟隆隆地破碎了，冰面顯出了浪的形狀，好像有一群柔軟的巨獸在下面排着隊游過。

「這塊有多大？」我問那位來接應我們的官員。

「不超過 5 公斤，不會比你的腦袋大吧。不過剛接到通知，在北方 800 公里的海面上，剛落下一顆 20 噸左右的。」

這時他手腕上的通訊機響了，他看了一眼後對司機說：「來不及到 204 號門了，就近找個入口吧！」

汽車拐了個彎，在一個地下城入口前停了下來。我們下車後，看到入口外有幾個士兵，他們都一動不動地盯着遠方的一個方向，眼裡充滿了恐懼。我們都順着他們的目光看去，在天海連線處，我們看到一層黑色的屏障，初看好像是天邊低低的雲層，但那「雲層」的高度太齊了，像一堵橫在天邊的長牆，再仔細看，牆頭還鑲着一線白邊。

「那是甚麼呀？」加代子怯生生地問一個軍官，得到的回答讓我們毛髮直豎。

「浪。」

地下城高大的鐵門隆隆地關上了，約莫過了十分鐘，我們感到從地面傳來的低沉的聲音，咕嚕嚕的，像一個巨人在地面打滾。我們面面相覷，大家都知道，百米高的巨浪正在滾過夏威夷，也將滾過各個大陸。但另一種震動更嚇人，彷彿有一隻巨拳從太空中不斷地擊打地球，在地下這震動並不大，只能隱約感到，但每一個震動都直達我們

靈魂深處。這是流星在不斷地擊中地面。

我們的星球所遭到的殘酷轟炸斷斷續續持續了一個星期。

當我們走出地下城時,加代子驚叫:「天啊,天怎麼是這樣的!」

天空是灰色的,這是因為高層大氣瀰漫着小行星撞擊陸地時產生的灰塵,星星和太陽都消失在這無際的灰色中,彷彿整個宇宙在下着一場大霧。地面上,滔天巨浪留下的海水還沒來得及退去就封凍了,城市倖存的高樓形單影隻地立在冰面上,掛着長長的冰凌柱。冰面上落了一層撞擊塵埃,於是這個世界只剩下一種顏色:灰色。

我和加代子繼續回亞洲的旅程。在飛機越過早已無意義的國際換日線時,我們見到了人類所見過的最黑的黑夜,飛機彷彿潛行在墨汁的海洋中。看着機艙外那沒有一絲光線的世界,我們的心情也暗到了極點。

「甚麼時候到頭兒呢?」加代子喃喃地說。我不知道她指的是這個旅程還是這充滿苦難和災難的生活,我現在覺得兩者都沒有盡頭。是啊,即使地球航出了氦閃的威力圈,我們得以逃生,又怎麼樣呢?我們只是那漫長階梯的最下一級,當我們的一百代重孫爬上階梯的頂端,見到新生活的光明時,我們的骨頭都變成灰了。我不敢想像未來的苦難和艱辛,更不敢想像要帶着愛人和孩子走過這條看不到頭的泥濘路,我累了,實在走不動了……就在我被悲傷和絕望窒息的時候,機艙裡響起了一聲女人的驚叫:「啊!不!不能,親愛的!」

我循聲看去,看見那個女人正從旁邊的一個男人手中奪下一支手槍,他剛才顯然想把槍口湊到自己的太陽穴上。這人很瘦弱,目光呆滯地看着前方無限遠處。女人把頭埋在他膝上,嚶嚶地哭了起來。

「安靜。」男人冷冷地說。

哭聲消失了，只有飛機發動機的嗡嗡聲在輕響，像不變的哀樂。在我的感覺中，飛機已黏在這巨大的黑暗中，一動不動，而整個宇宙，除了黑暗和飛機，甚麼都沒有了。加代子緊緊鑽在我懷裡，渾身冰涼。

突然，機艙前部有一陣騷動，有人在興奮地低語。我向窗外看去，發現飛機前方出現了一片朦朧的光亮，那光亮是藍色的，沒有形狀，十分均勻地出現在前方瀰漫着撞擊塵埃的夜空中。

那是地球發動機的光芒。

西半球的地球發動機已被隕石擊毀了三分之一，但損失比啟航前的預測要少；東半球的地球發動機由於背向撞擊面，完好無損。從功率上來說，它們是能使地球完成逃逸航行的。

在我眼中，前方朦朧的藍光，如同從深海漫長的上浮後看到的海面的亮光，我的呼吸又順暢起來。

我又聽到那個女人的聲音：「親愛的，痛苦呀恐懼呀這些東西，也只有在活着時才能感覺到，死了，死了甚麼也沒有了，那邊只有黑暗。還是活着好，你說呢？」

那瘦弱的男人沒有回答，他盯着前方的藍光看，眼淚流了下來。我知道他能活下去了，只要那希望的藍光還亮着，我們就都能活下去，我又想起了父親關於希望的那些話。

一下飛機，我和加代子沒有去我們在地下城中的新家，而是到設在地面的太空艦隊基地去找父親，但在基地，我只見到了追授他的一枚冰冷的勳章。這勳章是一名空軍少將給我的，他告訴我，在清除地

球航線上的小行星的行動中，一塊被反物質炸彈炸出的小行星碎片擊中了父親的單座微型飛船。

「當時那個石塊和飛船的相對速度有每秒 100 公里，撞擊使飛船座艙瞬間汽化了，他沒有一點痛苦，我向您保證，沒有一點痛苦。」少將説。

當地球又向太陽跌回去的時候，我和加代子又到地面上來看春天，但沒有看到。世界仍是一片灰色，陰暗的天空下，大地上分佈着由殘留海水形成的一個個冰凍湖泊，見不到一點綠色。大氣中的撞擊塵埃擋住了陽光，使氣溫難以回升。甚至在近日點，海洋和大地都沒有解凍，太陽呈一個朦朧的光暈，彷彿是撞擊塵埃後面的一個幽靈。

三年以後，空中的撞擊塵埃才有所消散，人類終於最後一次通過近日點，向遠日點升去。在這個近日點，東半球的人有幸目睹了地球歷史上最快的一次日出和日落。太陽從海平面上一躍而起，迅速劃過長空，大地上萬物的影子在很快地變換着角度，彷彿是無數根鐘錶的秒針。這也是地球上最短的一個白天，只有不到一個小時。當一小時後太陽跌入地平線，黑暗降臨大地時，我感到一陣傷感。這轉瞬即逝的一天，彷彿是對地球在太陽系 45 億年進化史的一個短暫的總結。直到宇宙的末日，它不會再回來了。

「天黑了。」加代子憂傷地説。

「最長的一夜。」我説。東半球的這一夜將延續 2500 年，一百代人後，人馬座的曙光才能再次照亮這個大陸。西半球也將面臨最長的白天，但比這裡的黑夜要短得多。在那裡，太陽將很快升到天頂，然後一直靜止在那個位置上漸漸變小，在半世紀內，它就會融入星群難

以分辨了。

按照預定的航線，地球升向與木星的會合點。航行委員會的計劃是：地球第十五圈的公轉軌道是如此之扁，以至於它的遠日點到達木星軌道，地球將與木星在幾乎相撞的距離上擦身而過，在木星巨大引力的拉動下，地球將最終達到逃逸速度。

離開近日點後兩個月，就能看到木星了，它開始只是一個模糊的光點，但很快顯出圓盤的形狀，又過了一個月，木星在地球上空已有滿月大小了，呈暗紅色，能隱約看到上面的條紋。這時，15 年來一直垂直的地球發動機光柱中有一些開始擺動，地球在做會合前最後的姿態調整，木星漸漸沉到了地平線下。以後的三個多月，木星一直處在地球的另一面，我們看不到它，但知道兩顆行星正在交會之中。

有一天我們突然被告知東半球也能看到木星了。於是人們紛紛從地下城來到地面。當我走出城市的密封門來到地面時，發現開了 15 年的地球發動機已經全部關閉了，我再次看到了星空，這表明同木星最後的交會正在進行。人們都在緊張地盯着西方的地平線，地平線上出現了一片暗紅色的光，那光區漸漸擴大，延伸到整個地平線的寬度。我現在發現那暗紅色的區域上方同漆黑的星空有一道整齊的邊界，那邊界呈弧形，那巨大的弧形從地平線的一端跨到了另一端，在緩緩升起，巨弧下的天空都變成了暗紅色，彷彿一塊同星空一樣大小的暗紅色幕布在把地球同整個宇宙隔開。當我回過神來時，不由倒吸一口冷氣，那暗紅色的幕布就是木星！我早就知道木星的體積是地球的 1300 倍，現在才真正感覺到它的巨大。這宇宙巨怪在整個地平線上升起時產生的那種恐懼和壓抑感是難以用語言描述的，一名記者後

來寫到:「不知是我身處惡夢中,還是這整個宇宙都是一個造物主巨大而變態的頭腦中的惡夢!」

　　木星恐怖地上升着,漸漸佔據了半個天空。這時,我們可以清楚地看到它雲層中的風暴,那風暴把雲層攪動成讓人迷茫的混亂線條,我知道那厚厚的雲層下是沸騰的液氫和液氦的大洋。著名的大紅斑出現了,這個在木星表面維持了幾十萬年的大旋渦大得可以吞下整個地球。這時木星已佔滿了整個天空,地球彷彿是浮在木星沸騰的暗紅色雲海上的一顆氣球!而木星的大紅斑就處在天空正中,如一隻紅色的巨眼盯着我們的世界,大地籠罩在它那陰森的紅光中……這時,誰都無法相信小小的地球能逃出這巨大怪物的引力場,從地面上看,地球甚至連成為木星的衛星都不可能,我們就要掉進那無邊雲海覆蓋着的地獄中去了!但領航工程師們的計算是精確的,暗紅色的迷亂的天空在緩緩移動着,不知過了多長時間,西方的天邊露出了黑色的一角,那黑色迅速擴大,其中有星星在閃爍,地球正在衝出木星的引力魔掌。這時警報尖叫起來,木星產生的引力潮汐正在向內陸推進,後來得知,這次大潮百多米高的巨浪再次橫掃了整個大陸。在跑進地下城的密封門時,我最後看了一眼仍佔據半個天空的木星,發現木星的雲海中有一道明顯的劃痕,後來知道,那是地球引力作用在木星表面的痕跡,我們的星球也在木星表面拉起了如山的液氫和液氦的巨浪。這時,木星巨大的引力正在把地球加速甩向外太空。

　　離開木星時,地球已達到了逃逸速度,它不再需要返回潛藏着死亡的太陽,向廣漠的外太空飛去,漫長的流浪時代開始了。

　　就在木星暗紅色的陰影下,我的兒子在地層深處出生了。

叛亂

離開木星後，亞洲大陸上一萬多台地球發動機再次全功率開動，這一次它們要不停地運行五百年，不停地加速地球。這五百年中，發動機將把亞洲大陸上一半的山脈用做燃料消耗掉。

從四個多世紀死亡的恐懼中解脫出來，人們長出了一口氣。但預料中的狂歡並沒有出現，接下來發生的事情出乎所有人的想像。

在地下城的慶祝集會後，我一個人穿上密封服來到地面。童年時熟悉的群山已被超級挖掘機夷為平地，大地上只有裸露的岩石和堅硬的凍土，凍土上到處有白色的斑塊，那是大海潮留下的鹽漬。面前那座爺爺和爸爸渡過了一生的曾有千萬人口的大城市現在已是一片廢墟，高樓鋼筋外露的殘骸在地球發動機光柱的藍光中拖着長長的影子，好像是史前巨獸的化石……一次次的洪水和小行星的撞擊已摧毀了地面上的一切，各大陸上的城市和植被都蕩然無存，地球表面已變成火星一樣的荒漠。

這一段時間，加代子心神不定。她常常扔下孩子不管，一個人開着飛行汽車出去旅行，回來後，只是説她去了西半球。最後，她拉我一起去了。

我們的飛行汽車以四倍音速飛行了兩個小時，終於能夠看到太陽了，它剛剛升出太平洋，這時看上去只有棒球大小，給冰封的洋面投下一片微弱的、冷冷的光芒。加代子把飛行汽車懸停在 5000 米的空中，然後從後面拿出了一個長長的東西，去掉封套後我看到那是一架天文望遠鏡，業餘愛好者用的那種。加代子打開車窗，把望遠鏡對準

太陽，讓我看。

從有色鏡片中我看到了放大幾百倍的太陽，我甚至清楚地看到太陽表面緩緩移動的明暗斑點，還有日球邊緣隱隱約約的日珥。

加代子把望遠鏡同車內的電腦聯起來，把一個太陽影像採集下來。然後，她又調出了另一個太陽圖像，說：「這個是四個世紀前的太陽圖像。」接着，電腦對兩個圖像進行比較。

「看到了嗎？」加代子指着螢幕說：「它們的光度、圖元排列、圖元概率、層次統計等參數都完全一樣！」

我搖搖頭說：「這能說明甚麼？一架玩具望遠鏡，一個低級影像處理程式，加上你這個無知的外行……別自尋煩惱了，別信那些謠言！」

「你是個白癡。」她說着，收回望遠鏡，把飛行汽車往回開。這時，在我們的上方和下方，我又遠遠地看到了幾輛飛行汽車，同我們剛才一樣懸在空中，從每輛車的車窗中都伸出一架望遠鏡對着太陽。

之後的幾個月中，一個可怕的說法像野火一樣在全世界蔓延。越來越多的人自發地用更大型更精密的儀器觀測太陽。後來，一個民間組織向太陽發射了一組探測器，它們在三個月後穿過日球。探測器發回的數據最後證實了那個事實。

同四個世紀前相比，太陽沒有任何變化。

現在，各大陸的地下城已成了一座座騷動的火山，局勢一觸即發。一天，按照聯合政府的法令，我和加代子把兒子送進了養育中心。回家的路上我們倆都感到維繫我們關係的唯一紐帶已不存在了。走到市中心廣場，我們看到有人在演講，另一些人在演講者周圍向市

民分發武器。

「公民們！地球被出賣了！人類被出賣了！文明被出賣了！我們都是一個超級騙局的犧牲品！這個騙局之巨大之可怕，上帝都會為之休克！太陽還是原來的太陽，它不會爆發，過去現在將來都不會，它是永恆的象徵！爆發的是聯合政府中那些人陰險的野心！他們編造了這一切，只是為了建立他們的獨裁帝國！他們毀了地球！他們毀了人類文明！公民們，有良知的公民們！拿起武器，拯救我們的星球！拯救人類文明！我們要推翻聯合政府，控制地球發動機，把我們的星球從這寒冷的外太空開回原來的軌道！開回到我們的太陽溫暖的懷抱中！」

加代子默默地走上前去，從分發武器的人手中接過了一支衝鋒槍，加入到那些拿到武器的市民的佇列中，她沒有回頭，同那支龐大的佇列一起消失在地下城的迷霧裡。我呆呆地站在那兒，手在衣袋中緊緊攥着父親用生命和忠誠換來的那枚勳章，它的邊角把我的手扎出了血……

三天後，叛亂在各個大陸同時爆發了。

叛軍所到之處，人民群起響應，到現在，很少有人懷疑自己受騙了。但我加入了聯合政府的軍隊，這並非由於對政府的堅信，而是我三代前輩都有過軍旅生涯，他們在我心中種下了忠誠的種子，不論在甚麼情況下，背叛聯合政府對我來說是一件不可想像的事。

美洲、非洲、大洋洲和南極洲相繼淪陷，聯合政府收縮防線死守地球發動機所在的東亞和中亞。叛軍很快對這裡構成包圍態勢，他們對政府軍佔有壓倒優勢，之所以在相當長一段時間裡攻勢沒有取得進

展，完全是由於地球發動機。叛軍不想毀掉地球發動機，所以在這一廣闊的戰區沒有使用重武器，使得聯合政府得以苟延殘喘。這樣雙方相持了三個月，聯合政府的十二個集團軍相繼臨陣倒戈，中亞和東亞防線全線崩潰。兩個月後，大勢已去的聯合政府連同不到十萬的軍隊在靠近海岸的地球發動機控制中心陷入重圍。

我就是這殘存軍隊中的一名少校。控制中心有一座中等城市大小，它的中心是地球駕駛室。我拖着一條被雷射光束燒焦的手臂，躺在控制中心的傷兵收容站裡。就是在這兒，我得知加代子已在澳洲戰役中陣亡。我和收容站裡所有的人一樣，整天喝得爛醉，對外面的戰事全然不知，也不感興趣。不知過了多久，聽到有人在高聲說話。

「知道你們為甚麼這樣嗎？你們在自責，在這場戰爭中，你們站到了反人類的一邊，我也一樣。」

我轉頭一看，發現講話的人肩上有一顆將星，他接着說：「沒關係的，我們還有最後的機會拯救自己的靈魂。地球駕駛室距我們這兒只有三個街區，我們去佔領它，把它交給外面理智的人類！我們為聯合政府已盡到了責任，現在該為人類盡責任了！」

我用那支沒受傷的手抽出手槍，隨着這群突然狂熱起來的受傷和沒受傷的人，沿着鋼鐵的通道，向地球駕駛室衝去。出乎預料，一路上我們幾乎沒遇到抵抗，倒是有越來越多的人從錯綜複雜的鋼鐵通道的各個分支中加入我們。最後，我們來到了一扇巨大的門前，那鋼鐵大門高得望不到頂。它轟隆隆地打開了，我們衝進了地球駕駛室。

儘管以前無數次在電視中看到過，所有的人還是被駕駛室的宏偉震驚了。從視覺上看不出這裡的大小，因為駕駛室淹沒在一幅巨型全

息圖中。那是一幅太陽系的摸擬圖。整個圖像實際就是一個向所有方向無限伸延的黑色空間，我們一進來，就懸浮在這空間之中。由於儘量反映真實的比例，太陽和行星都很小很小，小得像遠方的螢火蟲，但能分辨出來。以那遙遠的代表太陽的光點為中心，一條醒目的紅色螺旋線擴展開來，像廣闊的黑色洋面上迅速擴散的紅色波圈。這是地球的航線。在螺旋線最外面的一點上，航線變成明亮的綠色，那是地球還沒有完成的路程。那條綠線從我們的頭頂掠過，順着看去，我們看到了燦爛的星海，綠線消失在星海的深處，我們看不到它的盡頭。在這廣漠的黑色的空間中，還漂浮着許多閃亮的灰塵，其中幾個塵粒漂近，我發現那是一塊塊虛擬螢幕，上面翻滾着複雜的數字和曲線。

我看到了全人類矚目的地球駕駛台，它好像是漂浮在黑色空間中的一個銀白色的小行星，看到它我更難以把握這裡的巨大 —— 駕駛台本身就是一個廣場，現在上面密密麻麻地站着五千多人，包括聯合政府的主要成員、負責實施地球航行計劃的星際移民委員會的大部分，和那些最後忠於政府的人。這時我聽到最高執政官的聲音在整個黑色空間響了起來。

「我們本來可以戰鬥到底的，但這可能導致地球發動機失控，這種情況一旦發生，過量聚變的物質將燒穿地球，或蒸發全部海洋，所以我們決定投降。我們理解所有的人，因為已經進行了四十代人、還要延續一百代人的艱難奮鬥中，永遠保持理智確實是一個奢求。但也請所有的人記住我們，站在這裡的這五千多人，這裡有聯合政府的最高執政官，也有普通的列兵，是我們把信念堅持到了最後。我們都知道自己看不到真理被證實的那一天，但如果人類得以延續萬代，以後

所有的人將在我們的墓前灑下自己的眼淚，這顆叫地球的行星，就是
我們永恆的紀念碑！」

　　控制中心巨大的密封門隆隆開啟，那五千多名最後的地球派一群
群走了出來，在叛軍的押送下向海岸走去。一路上兩邊擠滿了人，所
有人都衝他們吐唾沫，用冰塊和石塊砸他們。他們中有人密封服的面
罩被砸裂了，外面零下一百多度的嚴寒使那些人的臉麻木了，但他們
仍努力地走下去。我看到一個小女孩，舉起一大塊冰用盡全身力氣狠
命地向一個老者砸去，她那雙眼睛透過面罩射出瘋狂的怒火。

　　當我聽到這五千多人全部被判處死刑時，覺得太寬容了。難道僅
僅一死嗎？這一死就能償清他們的罪惡嗎？能償清他們用一個離奇變
態的想像和騙局毀掉地球、毀掉人類文明的罪惡嗎？他們應該死一萬
次！這時，我想起了那些做出太陽爆發預測的天體物理學家，那些設
計和建造地球發動機的工程師，他們在一個世紀前就已作古，我現在
真想把他們從墳墓中挖出來，讓他們也死一萬次。

　　真感謝死刑的執行者們，他們為這些罪犯找了一種好的死法：他
們收走了被判死刑的每個人密封服上加熱用的核能電池，然後把他們
丟在大海的冰面上，讓零下百度的嚴寒慢慢奪去他們的生命。

　　這些人類文明史上最險惡最可恥的罪犯在冰海上站了黑壓壓的一
片，在岸上有十幾萬人在看着他們，十幾萬副牙齒咬得崩崩響，十幾
萬雙眼睛噴出和那個小女孩一樣的怒火。

　　這時，所有的地球發動機都已關閉，壯麗的群星出現在冰原
之上。

　　我能想像出嚴寒像無數把尖刀刺進他們的身體，他們的血液在凝

固，生命從他們的體內一點點流走，這想像中的感覺變成一種快感，傳遍我的全身。看到那些人在嚴寒的折磨中慢慢死去，岸上的人們快活起來，他們一起唱起了《我的太陽》。我唱着，眼睛看着星空的一個方向，在那個方向上，有一顆稍大些剛剛顯出圓盤形狀的星星發出黃色的光芒，那就是太陽。

啊，我的太陽，生命之母，萬物之父，我的大神，我的上帝！還有甚麼比您更穩定，還有甚麼比您更永恆，我們這些渺小的，連灰塵都不如的炭基細菌，擁擠在圍着您轉的一粒小石頭上，竟敢預言您的末日，我們怎麼能蠢到這個程度？

一個小時過去了，海面上那些反人類的罪犯雖然還全都站着，但已沒有一個活人，他們的血液已被凍結了。

我的眼睛突然甚麼都看不見了，幾秒鐘後，視力漸漸恢復，冰原、海岸和岸上的人群又在眼前慢慢顯影，最後完全清晰了，而且比剛才更清晰，因為這個世界現在籠罩在一片強烈的白光中，剛才我眼睛的失明正是由於這突然出現的強光的刺激。但星空沒有重現，所有的星光都被這強光所淹沒，彷彿整個宇宙都被強光融化了，這強光從太空中的一點迸發出來，那一點現在成了宇宙中心，那一點就在我剛才盯着的方向。

太陽氦閃爆發了。

《我的太陽》的合唱戛然而止，岸上的十幾萬人呆住了，似乎同海面上那些人一樣，凍成了一片僵硬的岩石。

太陽最後一次把它的光和熱撒向地球。地面上的冰結的二氧化炭乾冰首先融化，騰起了一陣白色的蒸汽；然後海冰表面也開始融化，

受熱不均的大海冰層發出驚天動地的巨響；漸漸地，照在地面上的光柔和起來，天空出現了微微的藍色；後來，強烈的太陽風產生的極光在空中出現，蒼穹中飄動着巨大的彩色光幕……

在這突然出現的燦爛陽光下，海面上最後的地球派們仍穩穩地站着，彷彿五千多尊雕像。

太陽爆發只持續了很短的時間，兩個小時後強光開始急劇減弱，很快熄滅了。在太陽的位置上出現了一個暗紅色球體，它的體積慢慢膨脹，最後從這裡看它，已達到了在地球軌道上看到的太陽大小，那麼它的實際體積已大到越出火星軌道，而水星、火星和金星這三顆地球的夥伴行星這時已在上億度的輻射中化為一縷輕煙。但它已不是太陽，它不再發出光和熱，看去如同貼在太空中一張冰冷的紅紙，它那暗紅色的光芒似乎是周圍星光的散射。這就是小質量恆星演化的最後歸宿：紅巨星。

50 億年的壯麗生涯已成為飄逝的夢幻，太陽死了。

幸運的是，還有人活着。

流浪時代

當我回憶這一切時，半個世紀已過去了。20 年前，地球航出了冥王星軌道，航出了太陽系，在寒冷廣漠的外太空繼續着它孤獨的航程。

最近一次去地面是十幾年前的事了，那是兒子和兒媳陪我去的，兒媳是一個金髮碧眼的姑娘，就要做母親了。

到地面後，我首先注意到，雖然所有地球發動機仍全功率地運行，巨大的光柱卻看不到了，這是因為地球大氣已消失，等離子體的光芒沒有散射的緣故。我看到地面上佈滿了奇怪的黃綠相間的半透明晶體塊，這是固體氧氮，是已凍結的空氣。有趣的是空氣並沒有均勻地凍結在地球表面，而是形成了小山丘似的不規則的隆起，在原來平滑的大海冰原上，這些半透明的小山形成了奇特的景觀。銀河系的星河紋絲不動地橫過天穹，也像被凍結了，但星光很亮，看久了還刺眼呢。

地球發動機將不間斷地開動 500 年，到時地球將加速至光速的千分之五，然後地球將以這個速度滑行 1300 年，之後地球就走完了三分之二的航程，它將調轉發動機的方向，開始長達 500 年的減速，地球在航行 2400 年後到達比鄰星，再過 100 年時間，它將泊入這顆恆星的軌道，成為它的一顆行星。

　　我知道已被忘卻

　　流浪的航程太長太長

　　但那一時刻要叫我一聲啊

　　當東方再次出現霞光

　　我知道已被忘卻

　　啟航的時代太遠太遠

　　但那一時刻要叫我一聲啊

　　當人類又看到了藍天

我知道已被忘卻

太陽系的往事太久太久

但那一時刻要叫我們一聲啊

當鮮花重新掛上枝頭

……

　　每當聽到這首歌，一股暖流就湧進我這年邁僵硬的身軀，我乾涸的老眼又濕潤了。我好像看到人馬座三顆金色的太陽在地平線上依次升起，萬物沐浴在它溫暖的光芒中。固態的空氣融化了，變成了碧藍的天。兩千多年前的種子從解凍的土層中復甦，大地綠了。我看到我的第一百代孫子孫女們在綠色的草原上歡笑，草原上有清澈的小溪，溪中有銀色的小魚……我看到了加代子，她從綠色的大地上向我跑來，年輕美麗，像個天使……

　　啊，地球，我的流浪地球……

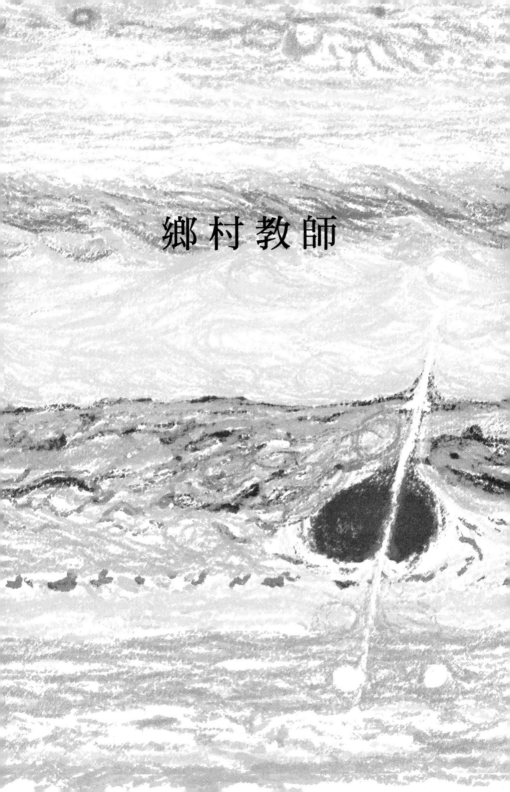

鄉村教師

作者附言：

　　這篇小說同我以前的作品相比有一些變化，主要是不那麼「硬」了，重點放在營造意境上。不要被開頭所迷惑，它不是你想像的那種東西。我不敢說它的水準高到哪裡去，但從中你將看到中國科幻史上最離奇最不可思議的意境。

　　他知道，這最後一課要提前講了。

　　又一陣劇痛從肝部襲來，幾乎使他暈厥過去。他已沒氣力下床了，便艱難地移近床邊的窗口。月光映在窗紙上，銀亮亮的，使小小的窗戶看上去像是通向另一個世界的門，那個世界的一切一定都是銀亮亮的，像用銀子和不凍人的雪做成的盒景。他顫顫地抬起頭，從窗紙的破洞中望出去，幻覺立刻消失了，他看到了遠處自己渡過了一生的村莊。

　　村莊靜靜地臥在月光下，像是百年前就沒人似的。那些黃土高原上特有的平頂小屋，形狀上同村子周圍的黃土包沒啥區別，在月夜中顏色也一樣，整個村子彷彿已溶入這黃土坡之中。只有村前那棵老槐樹很清楚，樹上乾枯枝杈間的幾個老鴉窩更是黑黑的，像是滴在這暗銀色畫面上的幾滴醒目的墨點……其實村子也有美麗溫暖的時候，比如秋收時，外面打工的男人女人們大都回來了，村裡有了人聲和笑聲，家家屋頂上是金燦燦的玉米，打穀場上娃們在秸稈堆裡打滾；再比如過年的時候，打穀場被汽燈照得通亮，在那裡連着幾天鬧紅火，搖旱船，舞獅子。那幾個獅子只剩下「咔嗒」作響的木頭腦殼，上面油漆都脫了，村裡沒錢置新獅子皮，就用幾張床單代替，玩得也挺高興……但十五一過，村裡的青壯年都外出打工掙生活去了，村子一下沒了生氣。只有每天黃昏，當稀拉拉幾縷炊煙升起時，村頭可能出現一兩個老人，揚起山核桃一樣的臉，眼巴巴地望着那條通向山外的路，直到被老槐樹掛住的最後一抹夕陽消失。天黑後，村裡早早就沒了燈光，娃娃和老人們睡的都早，電費貴，現在到了一塊八一度了。

　　這時村裡隱約傳出了一聲狗叫，聲音很輕，好像那狗在說夢話。他看着村子周圍月光下的黃土地，突然覺得那好像是紋絲不動的水面。要真是水就好了，今年是連着第五個旱年了，要想有收成，又要挑水澆地了。想起田地，他的目光向更遠方移去，那些小塊的山田，月光下像一個巨人登山時留下的一個個腳印。在這個長荊條和毛蒿的石頭山上，田也只能是這麼東一小塊西一小塊的，別說機械，連牲口都轉不開身，只能憑人力種了。去年一家甚麼農業機械廠到這兒來，推銷一種微型手扶拖拉機，可以在這些巴掌大的地裡幹活兒。那東西

真是不錯，可村裡人說他們這是鬧笑話哩！他們想過那些巴掌地能產出多少東西來嗎？就是繡花似地種，能種出一年的口糧就不錯了，遇上這樣的旱年，可能種子錢都收不回來呢！為這樣的田買那三五千元一台的拖拉機，再搭上兩塊多一升的柴油？唉，這山裡人的難處，外人哪能知曉呢？

這時，窗前走過了幾個小小的黑影，這幾個黑影在不遠的田壟上圍成一圈蹲下來，不知要幹甚麼。他知道這都是自己的學生，其實只要他們在近旁，不用眼睛他也能感覺到他們的存在，這直覺是他一生積累出來的，只是在這生命的最後時間裡更敏銳了。

他甚至能認出月光下的那幾個孩子，其中肯定有劉寶柱和郭翠花。這兩個孩子都是本村人，本來不必住校的，但他還是收他們住了。劉寶柱的爹十年前買了個川妹子成親，生了寶柱，五年後娃大了，對那女人看得也鬆了，結果有一天她跑回四川了，還捲走了家裡所有的錢。這以後，寶柱爹也變得不成樣兒了，開始是賭，同村子裡那幾個老光棍一樣，把個家折騰得只剩四堵牆一張床；然後是喝，每天晚上都用八毛錢一斤的地瓜燒把自己灌得爛醉，拿孩子出氣，每天一小揍三天一大揍，直到上個月的一天半夜，掄了根燒火棍差點把寶柱的命要了。郭翠花更慘了，要說她媽還是正經娶來的，這在這兒可是個稀罕事，男人也很榮光了，可好景不長，喜事剛辦完大家就發現她是個瘋子，之所以迎親時沒看出來，大概是吃了甚麼藥。本來嘛，好端端的女人哪會到這窮得鳥都不拉屎的地方來？但不管怎麼說，翠花還是生下來了，並艱難地長大。但她那瘋媽媽的病也越來越重，犯起病來，白天拿菜刀砍人，晚上放火燒房，更多的時間還是在陰森森

地笑，那聲音讓人汗毛直豎……

剩下的都是外村的孩子了，他們的村子距這裡最近的也有十里山路，只能住校了。在這所簡陋的鄉村小學裡，他們一住就是一個學期。娃們來時，除了帶自己的鋪蓋，每人還背了一袋米或麵，十多個孩子在學校的那個大灶做飯吃。當冬夜降臨時，娃們圍在灶邊，看着菜麵糊糊在大鐵鍋中翻騰，灶膛裡秸稈橘紅色的火光映在他們臉上……這是他一生中看到過的最溫暖的畫面，他會把這畫面帶到另一個世界的。

窗外的田壟上，在那圈娃們中間，亮起了幾點紅色的小火星星，在這一片銀灰色的月夜的背景上，火星星的紅色格外醒目。這些娃們在燒香，接着他們又燒起紙來，火光把娃們的形像以橘紅色在冬夜銀灰色的背景上顯現出來，這使他又想起了那灶邊的畫面。他腦海中還出現了另外一個類似的畫面：當學校停電時（可能是因為線路壞了，但大多數時間是因為交不起電費），他給娃們上晚課。他手裡舉着一根蠟燭照着黑板，「看見不？」他問，「看不顯！」娃們總是這樣回答，那麼一點點亮光，確實難看清，但娃們缺課多，晚課是必須上的。於是他再點上一根蠟，手裡兩根舉着。「還是不顯！」娃們喊，他於是再點上一根，雖然還是看不清，娃們不喊了，他們知道再喊老師也不會加蠟了，蠟太多了也是點不起的。燭光中，他看到下面那群娃們的面容時隱時現，像一群用自己的全部生命拚命掙脫黑暗的小蟲蟲。

娃們和火光，娃們和火光，總是娃們和火光，總是夜中的娃們和火光，這是這個世界深深刻在他腦子中的畫面，但始終不明其含義。

他知道娃們是在為他燒香和燒紙，他們以前多次這麼幹過，只是

這次，他已沒有力氣像以前那樣斥責他們迷信了。他用盡了一生在娃們的心中燃起科學和文明的火苗，但他明白，同籠罩着這偏遠山村的愚昧和迷信相比，那火苗是多麼弱小，像這深山冬夜中教室裡的那根蠟燭。半年前，村裡的一些人來到學校，要從本來已很破舊的校舍取下椽子木，説是修村頭的老君廟用。問他們校舍沒頂了，娃們以後住哪兒，他們説可以睡教室裡嘛，他説那教室四面漏風，大冬天能住？他們説反正都外村人。他拿起一根扁擔和他們拚命，結果被人家打斷了兩根肋骨。好心人抬着他走了三十多里山路，送到了鎮醫院。

就是在那次檢查傷勢時，意外發現他患了食道癌。這並不稀奇，這一帶是食道癌高發區。鎮醫院的醫生恭喜他因禍得福，因為他的食道癌現處於早期，還未擴散，動手術就能治癒，食道癌是手術治癒率最高的癌症之一，他算撿了條命。

於是他去了省城，去了腫瘤醫院，在那裡他問醫生動一次這樣的手術要多少錢，醫生説像你這樣的情況可以住我們的扶貧病房，其他費用也可適當減免，最後下來不會太多的，也就兩萬多元吧。想到他來自偏遠山區，醫生接着很詳細地給他介紹住院手續怎麼辦，他默默地聽着，突然問：

「要是不手術，我還有多長時間？」

醫生呆呆地看了他好一陣兒，才説：「半年吧。」並不解地看到他長出了一口氣，好像得到了很大安慰。

至少能送走這屆畢業班了。

他真的拿不出這兩萬多元。雖然民辦教師工資很低，但幹了這麼多年，孤身一人無牽無掛，按説也能攢下一些錢了。只是他把錢都花

在娃們身上了，他已記不清給多少學生代交了學雜費，最近的就有劉寶柱和郭翠花；更多的時候，他看到娃們的飯鍋裡沒有多少油星星，就用自己的工資買些肉和豬油回來⋯⋯反正到現在，他全部的錢也只有手術所需用的十分之一。

沿着省城那條寬長的大街，他向火車站走去。這時天已黑了，城市的霓虹燈開始發出迷人的光芒，那光芒之多彩之斑斕，讓他迷惑；還有那些高樓，一入夜就變成了一盞盞高聳入雲的巨大彩燈。音樂聲在夜空中漂蕩，瘋狂的、輕柔的，走一段一個樣。

就在這個不屬於他的世界裡，他慢慢地回憶起自己不算長的一生。他很坦然，各人有各人的命，早在二十年前初中畢業回到山村小學時，他就選定了自己的命。再說，他這條命很大一部分是另一位鄉村教師給的。他就是在自己現在任教的這所小學渡過童年的，他爹媽死得早，那所簡陋的鄉村小學就是他的家，他的小學老師把他當親兒子待，日子雖然窮，但他的童年並不缺少愛。那年，放寒假了，老師要把他帶回自己的家裡過冬。老師的家很遠，他們走了很長的積雪的山路，當看到老師家所在的村子的一點燈光時，已是半夜了。這時他們看到身後不遠處有四點綠熒熒亮光，那是兩雙狼眼。那時山裡狼很多的，學校周圍就能看到一堆堆狼屎。有一次他淘氣，把那灰白色的東西點着扔進教室裡，使濃濃的狼煙充滿了教室，把娃們都嗆得跑了出來，讓老師很生氣。現在，那兩隻狼向他們慢慢逼近，老師折下一根粗樹枝，揮動着它攔住狼的來路，同時大聲喊着讓他向村裡跑。他當時嚇糊塗了，只顧跑，只想着那狼會不會繞過老師來追他，只想着會不會遇到其他的狼。當他上氣不接下氣地跑進村子，然後同幾個拿

獵槍漢子去接老師時，發現他躺在一片已凍成糊狀的血泊中，半條腿和整隻胳膊都被狼咬掉了。老師在送往鎮醫院的路上就嚥了氣，當時在火把的光芒中，他看到了老師的眼睛，老師的腮幫被深深地咬下一大塊，已說不出話，但用目光把一種心急如焚的牽掛傳給了他，他讀懂了那牽掛，記住了那牽掛。

初中畢業後，他放棄了在鎮政府裡一個不錯的工作機會，直接回到了這個舉目無親的山村，回到了老師牽掛的這所鄉村小學，這時，學校因為沒有教師已荒廢好幾年了。

前不久，教委出台新政策，取消了民辦教師，其中的一部分經考試考核轉為公辦。當他拿到教師證時，知道自己已成為一名國家承認的小學教師了，很高興，但也只是高興而已，不像別的同事們那麼激動。他不在乎甚麼民辦公辦，他只在乎那一批又一批的娃們，從他的學校讀完了小學，走向生活。不管他們是走出山去還是留在山裡，他們的生活同那些沒上過一天學的娃們總是有些不一樣的。

他所在的山區，是這個國家最貧困的地區之一。但窮不是最可怕的，最可怕的是那裡的人們對現狀的麻木。記得那是好多年前了，搞包產到戶，村裡開始分田，然後又分其他的東西。對於村裡唯一的一台拖拉機，大夥對於油錢怎麼出、機時怎麼分配總也談不攏，最後唯一大家都能接受的辦法是把拖拉機分了，真的分了，你家拿一個輪子他家拿一根軸……再就是兩個月前，有一家工廠來扶貧，給村裡安了一台潛水泵，考慮到用電貴，人家還給帶了一台小柴油機和足夠的柴油，挺好的事兒，但人家前腳走，村裡後腳就把機器都賣了，連泵帶柴油機，只賣了 1500 塊錢，全村好吃了兩頓，算是過了個好年……

一家皮革廠來買地建廠，甚麼不清楚就把地賣了，那廠子建起後，硝皮子的毒水流進了河裡，滲進了井裡，人一喝了那些水渾身起紅疙瘩，就這也沒人在乎，還沾沾自喜那地賣了個好價錢……看村裡那些娶不上老婆的光棍漢們，每天除了賭就是喝，但不去種地，他們能算清：窮到了頭縣裡每年總會有些救濟，那錢算下來也比在那巴掌大的山地裡刨一年土坷垃掙得多……沒有文化，人們都變得下作了，那裡的窮山惡水固然讓人灰心，但真正讓人感到沒指望的，是山裡人那呆滯的目光。

他走累了，就在人行道邊坐下來。他面前，是一家豪華的大餐館，那餐館靠街的一整堵牆全是透明玻璃，華麗的枝形吊燈把光芒投射到外面。整個餐館像一個巨大的魚缸，裡面穿着華貴的客人們則像一群多彩的觀賞魚。他看到在靠街的一張桌子旁坐着一個胖男人，這人頭髮和臉似乎都在冒油，使他看上去像用一大團表面塗了油的蠟做的。他兩旁各坐着一個身材高挑穿着暴露的女郎，那男人轉頭對一個女郎説了句甚麼，把她逗得大笑起來，那男人跟着笑起來，而另一個女郎則嬌嗔地用兩個小拳頭捶那個男的……真沒想到還有個子這麼高的女孩子，秀秀的個兒，大概只到她們一半……他歎了口氣，唉，又想起秀秀了。

秀秀是本村唯一一個沒有嫁到山外的姑娘，也許是因為她從未出過山，怕外面的世界，也許是別的甚麼原因。他和秀秀好過兩年多，最後那陣好像就成了，秀秀家裡也通情達理，只要 1500 塊的肚疼錢（注：西北一些農村地區彩禮的一個名目，意思是對娘生女兒肚子疼的補償）。但後來，村子裡一些出去打工的人賺了些錢回來，和他同

歲的二蛋雖不識字但腦子活，去城裡幹起了挨家挨戶清洗抽油煙機的活兒，一年下來竟能賺個萬把塊。前年回來呆了一個月，秀秀不知怎的就跟這個二蛋好上了。秀秀一家全是睜眼瞎，家裡粗糙的乾打壘牆壁上，除了貼着一團一團用泥巴和起來的瓜種子，還劃着長長短短的道道兒，那是她爹多少年來記的賬……秀秀沒上過學，但自小對識文斷字的人有好感，這是她同他好的主要原因。但二蛋的一瓶廉價香水和一串鍍金項鍊就把這種好感全打消了，「識文斷字又不能當飯吃。」秀秀對他說。雖然他知道識文斷字是能當飯吃的，但具體到他身上，吃得確實比二蛋差好遠，所以他也說不出甚麼。秀秀看他那樣兒，轉身走了，只留下一股讓他皺鼻子的香水味。

　　和二蛋成親一年後，秀秀生娃兒死了。他還記得那個接生婆，把那些鏽不拉嘰刀刀鏟鏟放到火上燒一燒就向裡捅，秀秀可倒楣了，血流了一銅盆，在送鎮醫院的路上就嚥氣了。成親辦喜事兒的時候，二蛋花了三萬塊，那排場在村裡真是風光死了，可他怎的就捨不得花點錢讓秀秀到鎮醫院去生娃呢？後來他一打聽，這花費一般也就二三百，就二三百呀。但村裡歷來都是這樣兒，生娃是從不去醫院的。所以沒人怪二蛋，秀秀就這命。後來他聽說，比起二蛋媽來，她還算幸運。二蛋媽生二蛋時難產，二蛋爹從產婆那兒得知是個男娃，就決定只要娃了。於是二蛋媽被放到驢子背上，讓那驢子一圈圈走，硬是把二蛋擠出來，聽當時看見的人說，在院子裡血流了一圈……

　　想到這裡他長出了一口氣，籠罩着家鄉的愚昧和絕望使他窒息。

　　但娃們還是有指望的，那些在冬夜寒冷的教室中，盯着燭光照着的黑板的娃們，他就是那蠟燭，不管能點多長時間，發出的光有多

亮，他總算是從頭點到尾了。

他站起身來繼續走，沒走了多遠就拐進了一家書店，城裡就是好，還有夜裡開門的書店。除了回程的路費，他把身上所有的錢都買了書，以充實他的鄉村小學裡那小小的圖書室。半夜，提着那兩捆沉重的書，他踏上了回家的火車。

———

在距地球 5 萬光年的遠方，在銀河系的中心，一場延續了兩萬年的星際戰爭已接近尾聲。

那裡的太空中漸漸隱現出一個方形區域，彷彿燦爛的群星的背景被剪出一個方口，這個區域的邊長約 10 萬公里，區域的內部是一種比周圍太空更黑的黑暗，讓人感到一種虛空中的虛空。從這黑色的正方形中，開始浮現出一些實體，它們形狀各異，都有月球大小，呈耀眼的銀色。這些物體越來越多，並組成一個整齊的立方體方陣。這銀色的方陣莊嚴地駛出黑色正方形，兩者構成了一幅掛在宇宙永恆牆壁上的鑲嵌畫，這幅畫以絕對黑體的正方形天鵝絨為襯底，由純淨的銀光耀眼的白銀小構件整齊地鑲嵌而成。這又彷彿是一首宇宙交響樂的固化。漸漸地，黑色的正方形消融在星空中，群星填補了它的位置，銀色的方陣莊嚴地懸浮在群星之間。

銀河系碳基聯邦的星際艦隊，完成了本次巡航的第一次時空躍遷。

在艦隊的旗艦上，碳基聯邦的最高執政官看着眼前銀色的金屬大地，大地上佈滿了錯綜複雜的紋路，像一塊無限廣闊的銀色蝕刻電路

板，不時有幾個閃光的水滴狀的小艇出現在大地上，沿着紋路以令人目眩的速度行駛幾秒鐘，然後無聲地消失在一口突然出現的深井中。時空躍遷帶過來的太空塵埃被電離，成為一團團發着暗紅色光的雲，籠罩在銀色大地的上空。

最高執政官以冷靜著稱，他周圍那似乎永遠波瀾不驚的淡藍色智慧場就是他人格的象徵，但現在，像周圍的人一樣，他的智慧場也微微泛出黃光。

「終於結束了。」最高執政官的智慧場振動了一下，把這個資訊傳送給站在他兩旁的參議員和艦隊統帥。

「是啊，結束了。戰爭的歷程太長太長，以至我們都忘記了它的開始。」參議員回答。

這時，艦隊開始了亞光速巡航，它們的亞光速發動機同時啟動，旗艦周圍突然出現了幾千個藍色的太陽，銀色的金屬大地像一面無限廣闊的鏡子，把藍太陽的數量又複製了一倍。

遠古的記憶似乎被點燃了，其實，誰能忘記戰爭的開始呢？這記憶雖然遺傳了幾百代，但在碳基聯邦的萬億公民的腦海中，它仍那麼鮮活，那麼銘心刻骨。

兩萬年前的那一時刻，矽基帝國從銀河系周邊對碳基聯邦發動全面進攻。在長達 1 萬光年的戰線上，矽基帝國的五百多萬艘星際戰艦同時開始恆星蛙跳。每艘戰艦首先藉助一顆恆星的能量打開一個時空蛙洞，然後從這個蛙洞時空躍遷至另一個恆星，再用這顆恆星的能量打開第二個蛙洞繼續躍遷……由於打開蛙洞消耗了恆星大量的能量，使得恆星的光譜暫時向紅端移動，當飛船從這顆恆星完成躍遷後，它

的光譜漸漸恢復原狀。當幾百萬艘戰艦同時進行恆星蛙跳時，所產生的這種效應是十分恐怖的：銀河系的邊緣出現一條長達 1 萬光年的紅色光帶，這條光帶向銀河系的中心移過來。這個景象在光速視界是看不到的，但在超空間監視器上顯示出來。那條由變色恆星組成的紅帶，如同一道 1 萬光年長的血潮，向碳基聯邦的疆域湧來。

碳基聯邦最先接觸矽基帝國攻擊前鋒的是綠洋星，這顆美麗的行星圍繞着一對雙星恆星運行，她的表面全部被海洋覆蓋。那生機盎然的海洋中漂浮着由柔軟的長藤植物構成的森林，溫和美麗、身體晶瑩透明的綠洋星人在這海中的綠色森林間輕盈地游動，創造了綠洋星伊甸園般的文明。突然，幾萬道刺目的光束從天而降，矽基帝國艦隊開始用鐳射蒸發綠洋星的海洋 50 億綠洋星人在內的所有生物在沸水中極度痛苦地死去，它們被煮熟的有機質使整個海洋變成了綠色的濃湯。最後海洋全部蒸發了，昔日美麗的綠洋星變成了一個由厚厚蒸汽包裹着的地獄般的灰色行星。

這是一場幾乎波及整個銀河系的星際大戰，是銀河系中碳基和矽基文明之間慘烈的生存競爭，但雙方誰都沒有料到戰爭會持續兩萬銀河年！

現在，除了歷史學家，誰也記不清有百萬艘以上戰艦參加的大戰役有多少次了。規模最大的一次超級戰役是第二旋臂戰役，戰役在銀河系第二旋臂中部進行，雙方投入了上千萬艘星際戰艦。據歷史記載，在那廣漠的戰場上，被引爆的超新星就達兩千多顆，那些超新星像第二旋臂中部黑暗太空中怒放的焰火，使那裡變成超強輻射的海洋，只有一群群幽靈似的黑洞漂行於其間。戰役的最後，雙方的星

際艦隊幾乎同歸於盡。1萬5千年過去了，第二旋臂戰役現在聽起來就像上古時代飄渺的神話，只有那仍然存在的古戰場證明它確實發生過。但很少有飛船真正進入過古戰場，那裡是銀河系中最恐怖的區域，這並不僅僅是因為輻射和黑洞。當時，雙方數量多得難以想像的戰艦群為了進行戰術機動，進行了大量的超短距離時空躍遷，據說當時的一些星際殲擊機，在空間格鬥時，時空躍遷的距離竟短到令人難以置信的幾千米！這樣就把古戰場的時空結構搞得千瘡百孔，像一塊內部被老鼠鑽了無數長洞的大乳酪。飛船一旦誤入這個區域，可能在一瞬間被畸變的空間扭成一根細長的金屬繩，或壓成一張面積有幾億平方公里但厚度只有幾個原子的薄膜，立刻被輻射狂風撕得粉碎。但更為常見的是飛船變為建造它們時的一塊塊鋼板，或者立刻老得只剩下一個破舊的外殼，內部的一切都變成古老灰塵；人在這裡也可能瞬間回到胚胎狀態或變成一堆白骨……

　　但最後的決戰不是神話，它就發生在一年前。在銀河系第一和第二旋臂之間的荒涼太空中，矽基帝國集結了最後的力量，這支有150萬艘星際戰艦組成的艦隊在自己周圍構築了半徑1千光年的反物質雲屏障。碳基聯邦投入攻擊的第一個戰艦群剛完成時空躍遷就陷入了反物質雲中。反物質雲十分稀薄，但對戰艦具有極大的殺傷力，碳基聯邦的戰艦立刻變成一個個刺目的火球，但它們仍奮勇衝向目標。每艘戰艦都拖着長長的火尾，在後面留一條發着螢光的航跡，這由三十多萬個火流星組成的陣列形成了碳矽戰爭中最為壯觀最為慘烈的畫面。在反物質雲中，這些火流星漸漸縮小，最後在距矽基帝國戰艦陣列很近的地方消失了，但它們用自己的犧牲為後續的攻擊艦隊在反物質雲

中打開了一條通道。在這場戰役中，矽基帝國的最後艦隊被趕到銀河系最荒涼的區域：第一旋臂的頂端。

現在，這支碳基聯邦艦隊將完成碳矽戰爭中最後一項使命：他們將在第一旋臂的中部建立一條 500 光年寬的隔離帶，隔離帶中的大部分恆星將被摧毀，以制止矽基帝國的恆星蛙跳。恆星蛙跳是銀河系中大噸位戰艦進行遠距離快速攻擊的唯一途徑，而一次蛙跳的最大距離是 200 光年。隔離帶一旦產生，矽基帝國的重型戰艦要想進入銀河系中心區域，只能以亞光速跨越這 500 光年的距離，這樣，矽基帝國實際上被禁錮在第一旋臂頂端，再也無法對銀河系中心區域的碳基文明構成任何嚴重威脅。

「我帶來了聯邦議會的意願，」參議員用振動的智慧場對最高執政官說，「他們仍然強烈建議：在摧毀隔離帶中的恆星前，對它們進行生命級別的保護甄別。」

「我理解議會。」最高執政官說，「在這場漫長的戰爭中，各種生命流出的血足夠形成上千顆行星的海洋了，戰後，銀河系中最迫切需要重建的是對生命的尊重。這種尊重不僅是對碳基生命的，也是對矽基生命的，正是基於這種尊重，碳基聯邦才沒有徹底消滅矽基文明。但矽基帝國並沒有這種對生命的感情，如果說碳矽戰爭之前，戰爭和征服對於它們還僅僅是一種本能和樂趣的話，現在這種東西已根植於它們的每個基因和每行代碼之中，成為它們生存的終極目的。由於矽基生物對資訊的存貯和處理能力大大高於我們，可以預測矽基帝國在第一旋臂頂端的恢復和發展將是神速的，所以我們必須在碳基聯邦和矽基帝國之間建成足夠寬的隔離帶。在這種情況下，對隔離帶中數以

億計的恆星進行生命級別的保護甄別是不現實的，第一旋臂雖屬銀河系中最荒涼的區域，但其帶有生命行星的恆星數量仍可能達到蛙跳密度，這種密度足以使中型戰艦進行蛙跳，而即使只有一艘矽基帝國的中型戰艦闖入碳基聯邦的疆域，可能造成的破壞也是巨大的。所以在隔離帶中只能進行文明級別的甄別。我們不得不犧牲隔離帶中某些恆星周圍的低級生命，是為了拯救銀河系中更多的高級和低級生命。這一點我已向議會說明。」參議員說：「議會也理解您和聯邦防禦委員會，所以我帶來的只是建議而不是立法。但隔離帶中周圍已形成 3C 級以上文明的恆星必須被保護。」

「這一點無需質疑，」最高執政官的智慧場閃現出堅定的紅色，「對隔離帶中帶有行星的恆星的文明檢測將是十分嚴格的！」

艦隊統帥的智慧場第一次發出資訊：「其實我覺得你們多慮了，第一旋臂是銀河系中最荒涼的荒漠，那裡不會有 3C 級以上文明的。」

「但願如此。」最高執政官和參議員同時發出了這個資訊，他們智慧場的共振使一道弧形的等離子體波紋向銀色金屬大地的上空擴散開去。

艦隊開始了第二次時空躍遷，以近乎無限的速度奔向銀河系的第一旋臂。

———

夜深了，燭光中，全班的娃們圍在老師的病床前。

「老師歇着吧，明兒個講也行的。」一個男娃說。

他艱難地苦笑了一下，「明兒個有明兒個的課。」

　　他想，如果真能拖到明天當然好，那就再講一堂課。但直覺告訴他怕是不行了。

　　他做了個手勢，一個娃把一塊小黑板放到他胸前的被單上，這最後一個月，他就是這樣把課講下來的。他用軟弱無力的手接過娃遞過來的半截粉筆，吃力地把粉筆頭放到黑板上，這時又一陣劇痛襲來，手顫抖了幾下，粉筆「噠噠」地在黑板上敲出了幾個白點兒。從省城回來後，他再也沒去過醫院。兩個月後，他的肝部疼了起來，他知道癌細胞已轉移到那兒了，這種疼痛越來越厲害，最後變成了壓倒一切的痛苦。他一隻手在枕頭下摸索着，找出了一些止痛片，是最常見的用塑膠長條包裝的那種。對於癌症晚期的劇疼，這藥已經沒有任何作用，可能是由於精神暗示，他吃了後總覺得好一些。杜冷丁倒是也不算貴，但醫院不讓帶出來用，就是帶回來也沒人給他注射。他像往常一樣從塑膠條上取下兩片藥來，但想了想，便把所有剩下的 12 片全剝出來，一把吞了下去，他知道以後再也用不着了。他又掙扎着想向黑板上寫字，但頭突然偏向一邊，一個娃趕緊把盆接到他嘴邊，他吐出了一口黑紅的血，然後虛弱地靠在枕頭上喘息着。

　　娃們中傳出了低低的抽泣聲。

　　他放棄了在黑板上寫字的努力，無力地揮了一下手，讓一個娃把黑板拿走。他開始說話，聲音如遊絲一般。

　　「今天的課同前兩天一樣，也是初中的課。這本來不是教學大綱上要求的，我是想到，你們中的大部分人，這一輩子永遠也聽不到初中的課了，所以我最後講一講，也讓你們知道稍深一些的學問是甚麼樣子。昨天講了魯迅的《狂人日記》，你們肯定不大懂，不管懂不懂

都要多看幾遍，最好能背下來，等長大了，總會懂的。魯迅是個很了不起的人，他的書每一個中國人都應該讀讀的，你們將來也一定找來讀讀。」

他累了，停下來喘息着歇歇，看着跳動的燭光，魯迅寫下的幾段文字在他的腦海中浮現出來。那不是《狂人日記》中的，課本上沒有，他是從自己那套本數不全已經翻爛的魯迅全集上讀到的，許多年前讀第一遍時，那些文字就深深地刻在他腦子裡。

「假如一間鐵屋子，是絕無窗戶而萬難破毀的，裡面有許多熟睡的人們，不久都要悶死了，然而是從昏睡入死滅，並不感到就死的悲哀。現在你大嚷起來，驚起了較為清醒的幾個人，使這不幸的少數者來受無可挽救的臨終的苦楚，你倒以為對得起他們麼？然而幾個人既然起來，你不能説決沒有毀壞這鐵屋的希望。」

他用盡最後的力氣，接着講下去。

「今天我們講初中物理。物理你們以前可能沒有聽説過，它講的是物質世界的道理，是一門很深很深的學問。

「這課講牛頓三定律。牛頓是從前的一個英國大科學家，他説了三句話，這三句話很神的，它把人間天上所有的東西的規律都包括進去了，上到太陽月亮，下到流水颱風，都跑不出這三句話劃定的圈圈。用這三句話，可以算出甚麼時候日食，就是村裡老人説的天狗吃太陽，一分一秒都不差的；人飛上月球，也要靠這三句話，這就是牛頓三定律。

「下面講第一定律：當一個物體沒有受到外力作用時，它將保持靜止或匀速直線運動不變。」

娃們在燭光中默默地看着他，沒有反應。

「就是説，你猛推一下穀場上那個石碾子，它就一直滾下去，滾到天邊也不停下來。寶柱你笑甚麼？是啊，它當然不會那樣，這是因為有磨擦力，磨擦力讓它停下來，這世界上，沒有磨擦力的環境可是沒有的……」

是啊，他人生的磨擦力就太大了。在村裡他是外姓人，本來就沒甚麼分量，加上他這個倔脾氣，這些年來把全村人都得罪下了。他挨家挨戶拉人家的娃入學，跑到縣裡，把跟着爹做買賣的娃拉回來上學，拍着胸脯保證墊學費……這一切並沒有贏得多少感激，關鍵在於，他對過日子看法同周圍人太不一樣，成天想的説的，都是些不着邊際的事，這是最讓人討厭的。在他查出病來之前，他曾跑到縣裡，居然從教育局跑回一筆維修學校的款子，村子裡只拿出了一小部分，想過節請個戲班子唱兩天戲，結果讓他攪了，楞從縣裡拉個副縣長來，讓村裡把錢拿回來，可當時戲台子都搭好了。學校倒是修了，但他掃了全村人的興，以後的日子更難過。先是村裡的電工，村長的侄子，把學校的電掐了，接着做飯取暖用的秸稈村裡也不給了，害得他扔下自個的地下不了種，一人上山打柴，更別提後來拆校舍的房椽子那事了……這些磨擦力無所不在，讓他心力交瘁，讓他無法做勻速直線運動，他不得不停下來了。

也許，他就要去的那個世界是沒有磨擦力的，那裡的一切都是光滑可愛的，但那有甚麼意義？在那邊，他心仍留在這個充滿灰塵和磨擦力的世界上，留在這所他傾注了全部生命的鄉村小學裡。他不在了以後，剩下的兩個教師也會離去，這所他用力推了一輩子的小學校就

會像穀場上那個石碾子一樣停下來，他陷入深深的悲哀，但不論在這個世界或是那個世界，他都無力回天。

「牛頓第二定律比較難懂，我們最後講，下面先講牛頓第三定律：當一個物體對第二個物體施加一個力，這第二個物體也會對第一個物體施加一個力，這兩個力大小相等，方向相反。」

娃們又陷入了長時間的沉默。

「聽懂了沒？誰說說？」

班上學習最好的趙拉寶說：「我知道是啥意思，可總覺得說不通：晌午我和李權貴打架，他把我的臉打得那麼痛，腫起來了，所以作用力不相等的，我受的肯定比他大嘛！」

喘息了好一會，他才解釋說：「你痛是因為你的腮幫子比權貴的拳頭軟，它們相互的作用力還是相等的……」

他想用手比劃一下，但手已抬不起來了，他感到四肢像鐵塊一樣沉，這沉重感很快擴展到全身，他感到自己的軀體像要壓塌床板，陷入地下似的。

時間不多了。

———

「目標編號：1033715，絕對目視星等：3.5，演化階段：主星序偏上，發現兩顆行星，平均軌道半徑分別為 1.3 和 4.7 個距離單位，在一號行星上發現生命，這是紅 69012 艦報告。」

碳基聯邦星際艦隊的 10 萬艘戰艦目前已散佈在一條長 1 萬光年的帶狀區域中，這就是正在建立的隔離帶。工程剛剛開始，只是試驗

性地摧毀了 5000 顆恆星，其中帶有行星的只有 137 顆，而行星上有生命的這是第一顆。

「第一旋臂真是個荒涼的地方啊。」最高執政官感歎到。他的智慧場振動了一下，用全息圖隱去了腳下的旗艦和上方的星空，使他、艦隊統帥和參議員懸浮於無際的黑色虛空中。接着，他調出了探測器發回的圖像：虛空出現了一個發着藍光的火球，最高執政管的智慧場產生了一個白色的方框，那方框調整大小，圈住了這顆恆星並把它的圖像隱去了，他們於是又陷入無邊的黑暗之中，但這黑暗中有一個小小的黃色光點，圖像的焦距開始大幅度調整，行星的圖像以令人目眩的速度推向前來，很快佔滿了半個虛空，三個人都沉浸在它反射的橙黃色光芒中。

這是一顆被濃密大氣包裹着的行星，在它那橙黃色的氣體海洋上，洶湧的大氣運動描繪出了極端複雜的不斷變幻的線條。行星圖像繼續移向前來，直到佔據了整個宇宙，三個人被橙黃色的氣體海洋吞沒了。探測器帶着他們在這濃霧中穿行，很快霧氣稀薄了一些，他們看到了這顆行星上的生命。

那是一群在濃密大氣上層飄浮的氣球狀生物，表面有着美麗的花紋，那花紋不停在變幻着色彩和形狀，時而呈條紋狀，時而呈斑點狀，不知這是不是一種可視語言。每個氣球都有一條長尾，那長尾的尾端不時眩目地閃爍一下，光沿着長尾傳到氣球上，化為一片瀰漫的螢光。

「開始四維掃描！」紅 69012 艦上的一名上尉值勤軍官說。

一束極細的波束開始從上至下飛快地掃描那群氣球。這束波只有

幾個原子粗細，但它的波管內的空間維度比外部宇宙多一維。掃描數據傳回艦上，在主機電腦的記憶體中，那群氣球被切成了幾億億個薄片，每個薄片的厚度只有一個原子的尺度，在這個薄片上，每個夸克的狀態都被精確地紀錄下來。

「開始數據鏡像組合！」

主機電腦的記憶體中，那幾億億個薄片按原有順序疊加起來，很快，組合成一群虛擬氣球，在電腦內部廣漠的數位宇宙中，這個行星上的那群生物體有了精確的複製品。

「開始 3C 級文明測試！」

在數位宇宙中，電腦敏銳地定位了氣球的思維器官，它是懸在氣球內部錯綜複雜的神經叢中間的一個橢圓體。電腦在瞬間分析了這個大腦的結構，並越過所有低級感官，直接同它建立了高速資訊介面。

文明測試是從一個龐大的數據庫中任意地選取試題，測試對象如果能答對其中三道，則測試通過；如果頭三道題沒有答對，測試者有兩種選擇：可以認為測試沒有通過，或者繼續測試，題數不限，直到被測試者答對的題數達到三道，這時可認為其通過測試。

「3C 文明測試試題 1 號：請敍述你們已探知的組成物質的最小單元。」

「滴滴，嘟嘟嘟，滴滴滴滴。」氣球回答。

「1 號試題測試未通過。3C 文明測試試題 2 號：你們觀察到物體中熱能的流向有甚麼特點？這種流向是否可逆？」

「嘟嘟嘟，滴滴，滴滴嘟嘟。」氣球回答。

「2 號試題測試未通過。3C 文明測試試題 3 號：圓的周長和它的

直徑之比是多少？」

「滴滴滴滴嘟嘟嘟嘟嘟。」氣球回答。

「3 號試題測試未通過。3C 文明測試試題 4 號……」

「到此為止吧，」當測試題數達到 10 道時，最高執政官說，「我們時間不多。」他轉身對旁邊的艦隊統帥示意了一下。

「發射奇點炸彈！」艦隊統帥命令。

奇點炸彈實際上是沒有大小的，它是一個嚴格意義上的幾何點，一個原子同它相比都是無窮大，最大的奇點炸彈質量有上百億噸，最小的也有幾千萬噸。當一顆奇點炸彈沿着長長的導軌從紅 69012 艦的武器艙中滑出時，卻可以看到一個直徑達幾百米的發着幽幽螢光的球體，這螢光是周圍的太空塵埃被吸入這個微型黑洞時產生的輻射。同那些恆星引力坍縮形成的黑洞不同，這些小黑洞在宇宙創世之初就形成了，它們是大爆炸前的奇點宇宙的微縮模型。碳基聯邦和矽基帝國都有龐大的船隊，遊弋在銀河系銀道面外的黑暗荒漠搜集這些微型黑洞，一些海洋行星上的種群把它們戲稱為「遠洋捕魚船隊」，而這些船隊帶回的東西，是銀河系中最具威懾力的武器之一，是迄今為止唯一能夠摧毀恆星的武器。

奇點炸彈脫離導軌後，沿一條由母艦發出的力場束加速，直奔目標恆星。過了不長的一段時間，這顆灰塵似的黑洞高速射入了恆星表面火的海洋。想像在太平洋的中部突然出現一個半徑 100 公里的深井，就可以大概把握這時的情形。巨量的恆星物質開始被吸入黑洞，那洶湧的物質洪流從所有方向匯聚到一點並消失在那裡，物質吸入時產生的輻射在恆星表面產生一團刺目的光球，彷彿恆星戴上了一個光

彩奪目的鑽石戒指。隨着黑洞向恆星內部沉下去，光團暗淡下來，可以看到它處於一個直徑達幾百萬公里的大旋渦正中，那巨大的旋渦散射着光團的強光，緩緩轉動着，呈現出飛速變幻的色彩，使恆星從這個方向看去彷彿是一張猙獰的巨臉。很快，光團消失了，旋渦漸漸消失，恆星表面似乎又恢復了它原來的色彩和光度。但這只是毀滅前最後的平靜，隨着黑洞向恆星中心下沉，這個貪婪的饕餮更瘋狂地吞食周圍密度急劇增高的物質，它在一秒鐘內吸入的恆星物質總量可能有上百個中等行星。黑洞巨量吸入時產生的超強輻射向恆星表面蔓延，由於恆星物質的阻滯，只有一小部分到達了表面，但其餘的輻射把它們的能量留在了恆星內部，這能量快速破壞着恆星的每一個細胞，從整體上把它飛快地拉離平衡態。從外部看，恆星的色彩在緩緩變化，由淺紅色變為明黃色，從明黃色變為鮮豔的綠色，從綠色變為如洗的碧藍，從碧藍變為恐怖的紫色。這時，在恆星中心的黑洞產生的輻射能已遠遠大於恆星本身輻射的能量，隨着更多的能量以非可見光形式溢出恆星，這紫色在加深加深，這顆恆星看上去像太空中一個在忍受着超級痛苦的靈魂，這痛苦在急劇增大，紫色已深到了極限，這顆恆星用不到一個小時的時間走完了它未來幾十億年的旅程。

　　一團似乎吞沒整個宇宙的強光閃起，然後慢慢消失，在原來恆星所在的位置上，可以看到一個急劇膨脹的薄球層，像一個被吹大的氣球，這是被炸飛的恆星表面。隨着薄球層體積的增大，它變得透明了，可以看到它內部的第二個膨脹的薄球層，然後又可以看到更深處的第三個薄球層……這個爆炸中的恆星，就像宇宙中突然顯現的一個套一個的一組玲瓏剔透的鏤花玻璃球，其中最深處的一個薄球層的體

積也是恆星原來體積的幾十萬倍。當爆炸的恆星的第一層膨脹外殼穿過那個橙黃色行星時，它立刻被汽化了。其實在這整個爆炸的壯麗場景中根本就看不到它，同那膨脹的恆星外殼相比，它只是一粒微不足道的灰塵，其大小甚至不能成為那幾層鏤花玻璃球上的一個小點。

「你們感到消沉？」艦隊統帥問，他看到最高執政官和參議員的智能場暗下來了。

「又一個生命世界毀滅了，像烈日下的露珠。」

「那您就想想偉大的第二旋臂戰役，當兩千多顆超新星被引爆時，有 12 萬個這樣的世界同碳矽雙方的艦隊一起化為蒸汽。閣下，時至今日，我們應該超越這種無謂的多愁善感了。」

參議員沒有理會艦隊統帥的話，也對最高執政官說：「這種對行星表面取隨機點的檢測方式是不可靠的，可能漏掉行星表面的文明特徵，我們應該進行面積檢測。」

最高執政官說：「這一點我也同議會討論過，在隔離帶中我們要摧毀的恆星有上億顆，這其中估計有 1000 萬個行星系，行星數量可能達 5000 萬顆，我們時間緊迫，對每顆行星都進行面積檢測是不現實的。我們只能儘量加寬檢測波束，以增大隨機點覆蓋的面積，除此之外，只能祈禱隔離帶中那些可能存在的文明在其星球表面的分佈儘量均勻了。」

———

「下面我們講牛頓第二定律……」

他心急如焚，極力想在有限的時間裡給娃們多講一些。

「一個物體的加速度，與它所受的力成正比，與它的質量成反比。首先，加速度，這是速度隨時間的變化率，它與速度是不同的，速度大加速度不一定大，加速度大速度也不一定大。比如：一個物體現在的速度是 110 米每秒，2 秒後的速度是 120 米每秒，那麼它的加速度就是 120 減 110 除 2，5 米每秒，呵，不對，5 米每秒的平方；另一個物體現在的速度是 10 米每秒，2 秒後的速度是 30 米每秒，那麼它的加速度就是 30 減 10 除 2，10 米每秒的平方；看，後面這個物體雖然速度小，但加速度大！呵，剛才說到平方，平方就是一個數自個兒乘自個……」

他驚奇自己的頭腦如此清晰，思維如此敏捷，他知道，自己生命的蠟燭已燃到根上，棉芯倒下了，把最後的一小塊蠟全部引燃了，一團比以前的燭苗亮十倍的火焰熊熊燃燒起來。劇痛消失了，身體也不再沉重，其實他已感覺不到身體的存在，他的全部生命似乎只剩下那個在瘋狂運行的大腦，那個懸在空中的大腦竭盡全力，儘量多儘量快地把自己存貯的資訊輸出給周圍的娃們，但說話是個該死的瓶頸，他知道來不及了。他產生了一個幻象：一把水晶樣的斧子把自己的大腦無聲地劈開，他一生中積累的那些知識，雖不是很多但他很看重的，像一把發光的小珠子毫無保留地落在地上，發出一陣悅耳的叮噹聲，娃們像見到過年的糖果一樣搶那些小珠子，搶得摞成一堆……這幻象讓他有一種幸福的感覺。

「你們聽懂了沒？」他焦急地問，他的眼睛已經看不到周圍的娃們，但還能聽到他們的聲音。

「我們懂了！老師快歇着吧！」

他感覺到那團最後的火焰在弱下去，「我知道你們不懂，但你們把它背下來，以後慢慢會懂的。一個物體的加速度，與它所受的力成正比，與它的質量成反比。」

「老師，我們真懂了，求求你快歇着吧！」

他用盡最後的力氣喊道：「背呀！」

娃們抽泣着背了起來：「一個物體的加速度，與它所受的力成正比，與它的質量成反比。一個物體的加速度，與它所受的力成正比，與它的質量成反比……」

這幾百年前就在歐洲化為塵土的卓越頭腦產生的思想，以濃重西北方言的童音在二十世紀中國最偏僻的山村中迴蕩，就在這聲音中，那燭苗滅了。

娃們圍着老師已沒有生命的軀體大哭起來。

——

「目標編號：500921473，絕對目視星等：4.71，演化階段：主星序正中，帶有九顆行星。這是藍84210號艦報告。」

「一個精緻完美的行星系。」艦隊統帥讚歎。

最高執政官很有同感：「是的，它的固態小體積行星和氣液態大體積行星的配置很有韻律感，小行星帶的位置恰到好處，像一條美妙的裝飾鏈。還有最外側那顆小小的甲烷冰行星，似乎是這首音樂最後一個餘音未盡的音符，暗示着某種新週期的開始。」

「這是藍84210號艦，將對最內側1號行星進行生命檢測，檢測波束發射。該行星沒有大氣，自轉緩慢，溫差懸殊。1號隨機點檢

測，白色結果；2 號隨機點檢測，白色結果……10 號隨機點檢測，白色結果。藍 84210 號艦報告，該行星沒有生命。」

艦隊統帥不以為然地說：「這顆行星的表面溫度可以當冶煉爐了，沒必要浪費時間。」

「開始 2 號行星生命檢測，波束發射。該行星有稠密大氣，表面溫度較高且均勻，大部為酸性雲層覆蓋。1 號隨機點檢測，白色結果；2 號隨機點檢測，白色結果……10 號隨機點檢測，白色結果。藍 84210 號艦報告，該行星沒有生命。」

通過四維通訊，最高執政官對 1 千光年之外藍 84210 號艦上的值勤軍官說：「直覺告訴我，3 號行星有生命可能性很大，在它上面檢測 30 個隨機點。」

「閣下，我們時間很緊了。」艦隊統帥說。

「照我說的做。」最高執政官堅定地說。

「是，閣下。開始 3 號行星生命檢測，波束發射。該行星有中等密度的大氣，表面大部為海洋覆蓋……」

來自太空的生命檢測波束落到了亞洲大陸靠南一些的一點上，波束在地面上形成了一個約 5000 米的圓形。如果是在白天，用肉眼有可能覺察到波束的存在，因為當波束到達時，在它的覆蓋範圍內，一切無生命的物體都將變成透明狀態。現在它覆蓋的中國西北的這片山區，那些黃土山在觀察者的眼裡將如同水晶的山脈，陽光在這些山脈中折射，將是一幅十分奇異壯觀的景象，觀察者還會看到腳下的大地也變成深不可測的深淵；而被波束判斷為有生命的物體則保持原狀不變，人、樹木和草在這水晶世界中顯得格外清晰醒目。但這效應只

持續半秒鐘，這期間檢測波束完成初始化，之後一切恢復原狀。觀察者肯定會認為自己產生了一瞬間的幻覺。而現在，這裡正是深夜，自然難以覺察到甚麼了。

這所山村小學，正好位於檢測波束圓形覆蓋區的圓心上。

「1號隨機點檢測，結果……綠色結果，綠色結果！藍84210號艦報告，目標編號：500921473，第3號行星發現生命！」

檢測波束對覆蓋範圍內的眾多種類生命體進行分類，在以生命結構的複雜度和初步估計的智慧等級進行排序的數據庫中，在一個方形掩蔽物下的那一簇生命體排在首位。於是波束迅速收縮，匯聚到那座掩蔽物上。

最高執政官的智能場接收到從藍84210號艦上發回的圖像，並把它放大到整個太空背景上，那所山村小學的影像在瞬間佔據了整個宇宙。圖像處理系統已經隱去了掩蔽物，但那簇生命體的圖像仍不清晰，這些生命體的外形太不醒目了，幾乎同周圍行星表面的以矽元素為主的黃色土壤融為一體。電腦只好把圖像中所有的無生命部分，包括這些生命體中間的那具體形較大的已沒有生命的軀體，全部隱去，這樣那一簇生命體就彷彿懸浮在虛空之中，即使如此，它們看上去仍是那麼平淡和缺乏色彩，像一簇黃色的植物，一看就知是那種在他們身上不會發生任何奇跡的生物。

一束纖細的四維波束從藍84210號艦發射，這艘有一個月球大小的星際戰艦正停泊在木星軌道之外，使太陽系暫時多了一顆行星。那束四維波束在三維太空中以接近無限的速度到達地球，穿過那所鄉村小學校舍的屋頂，以基本粒子的精度對這18個孩子進行掃描。數據

的洪流以人類難以想像的速率傳回太空，很快，在藍 84210 號艦主機電腦那比宇宙更廣闊的記憶體中，孩子們的數碼複製體形成了。

18 個孩子懸浮在一個無際的空間裡，那空間呈一種無法形容的色彩，實際上那不是色彩，虛無是沒有色彩的，虛無是透明中的透明。孩子們都不由想拉住旁邊的夥伴，他們看上去很正常，但手從他們身體裡毫無阻力地穿過去了。孩子們感到了難以形容的恐懼。電腦覺察到了這一點，它認為這些生命體需要一些熟悉的東西，於是在自己的記憶體宇宙的這一部分類比這個行星天空的顏色。孩子們立刻看到了藍天，沒有太陽沒有雲更沒有浮塵，只有藍色，那麼純淨，那麼深邃。孩子們的腳下沒有大地，也是與頭頂一樣的藍天，他們似乎置身於一個無限的藍色宇宙中，而他們是這宇宙中唯一的實體。電腦感覺到，這些數位生命體仍然處於驚恐中，它用了億分之一秒想了想，終於明白了：銀河系中大多數生命體並不懼怕懸浮於虛空之中，但這些生命體不同，他們是大地上的生物。於是它給了孩子們一個大地，並給了他們重力感。孩子們驚奇地看着腳下突然出現的大地，它是純白色的，上面有黑線劃出的整齊方格，他們彷彿站在一個無限廣闊的語文作業本上。他們中有人蹲下來摸摸地面，這是他們見過的最光滑的東西，他們邁開雙腳走，但原地不動，這地面是絕對光滑的，磨擦力為 0，他們很驚奇自己為甚麼不會滑倒。這時有個孩子脫下自己的一隻鞋子，沿着地面扔出去，那鞋子以勻速直線運行向前滑去，孩子們呆呆地看着它以恆定的速度漸漸遠去。

他們看到了牛頓第一定律。

有一個聲音，空靈而悠揚，在這數位宇宙中迴蕩。

「開始 3C 級文明測試，3C 文明測試試題 1 號：請敘述你所在星球生物進化的基本原理，是自然淘汰型還是基因突變型？」

孩子茫然地沉默着。

「3C 文明測試試題 2 號：請簡要說明恆星能量的來源。」

孩子茫然地沉默着。

……

「3C 文明測試試題 10 號：請說明構成你們星球上海洋的液體的分子構成。」

孩子仍然茫然地沉默着。

那隻鞋在遙遠的地平線處變成一個小黑點消失了。

「到此為止吧！」在 1000 光年之外，艦隊統帥對最高執政官說，「不能再耽誤時間了，否則我們肯定不能按時完成第一階段的任務。」

最高執政官的智慧場發出了微弱的表示同意的振動。

「發射奇點炸彈！」

載有命令資訊的波束越過四維空間，瞬間到達了停泊在太陽系中的藍 84210 號艦。那個發着幽幽螢光的霧球滑出了戰艦前方長長的導軌，沿着看不見的力場束急劇加速，向太陽撲去。

最高執政官、參議員和艦隊統帥把注意力轉向了隔離帶的其他區域，那裡，又發現了幾個有生命的行星系，但其中最高級的生命是一種生活在泥漿中的無腦蠕蟲。接連爆炸的恆星像宇宙中怒放的焰火，使他們想起了史詩般的第二旋臂戰役。

不知過了多長時間，最高執政官智慧場的一小部分下意識地遊移到太陽系，他聽到了藍 84210 號艦艦長的聲音：

「準備脫離爆炸威力圈，時空躍遷準備，三十秒倒數！」

「等一下，奇點炸彈到達目標還需多長時間？」最高執政官説，艦隊統帥和參議員的注意力也被吸引過來。

「它正越過內側 1 號行星的軌道，大約還有十分鐘。」

「用五分鐘時間，再進行一些測試吧。」

「是，閣下。」

接着聽到了藍 84210 號艦值勤軍官的聲音：「3C 文明測試試題 11 號：一個三維平面上的直角三角形，它的三條邊的關係是甚麼？」

沉默。

「3C 文明測試試題 12 號：你們的星球是你們行星系的第幾顆行星？」

沉默。

「這沒有意義，閣下。」艦隊統帥説。

「3C 文明測試試題 13 號：當一個物體沒有受到外力作用時，它的運行狀態如何？」

數位宇宙廣漠的藍色空間中突然響起了孩子們清脆的聲音：「當一個物體沒有受到外力作用時，它將保持靜止或勻速直線運動不變。」

「3C 文明測試試題 13 號通過！3C 文明測試試題 14 號……」

「等等！」參議員打斷了值勤軍官，「下一道試題也出關於甚低速力學基本近似定律的。」他又問最高執政官：「這不違反測試準則吧。」

「當然不，只要是測試數據庫中的試題。」艦隊統帥代為回答，這些令他大感意外的生命體把他的注意力全部吸引過來了。

「3C 文明測試試題 14 號：請敍述相互作用的兩個物體間力的

關係。」

孩子們說：「當一個物體對第二個物體施加一個力，這第二個物體也會對第一個物體施加一個力，這兩個力大小相等，方向相反！」

「3C 文明測試試題 14 號通過！3C 文明測試試題 15 號：對於一個物體，請說明它的質量、所受外力和加速度之間的關係。」

孩子們齊聲說：「一個物體的加速度，與它所受的力成正比，與它的質量成反比！」

「3C 文明測試試題 15 號通過，文明測試通過！確定目標恆星500921473 的 3 號行星上存在 3C 級文明。」

「奇點炸彈轉向！脫離目標！」最高執政官的智慧場急劇閃動着，用最大的能量把命令通過超空間傳送到藍 84210 號艦上。

在太陽系，推送奇點炸彈的力場束彎曲了，這根長幾億公里的力場束此時像一根弓起的長杆，努力把奇點炸彈挑離射向太陽的軌道。藍 84210 號艦上的力場發動機以最大功率工作，巨大的散熱片由暗紅變為耀眼的白熾色。力場束向外的推力分量開始顯示出效果，奇點炸彈的軌道開始彎曲，但它已越過水星軌道，距太陽太近了，誰也不知道這努力是否能成功。通過超空間直播，全銀河系都在盯着那個模糊的霧團的軌跡，並看到它的亮度急劇增大，這是一個可怕的跡象，說明炸彈已能感受到太陽周邊空間粒子密度的增大。艦長的手已放到了那個紅色的時空躍遷啟動按鈕上，以在奇點炸彈擊中太陽前的一剎那脫離這個空間。但奇點炸彈最終像一顆子彈一樣擦過太陽的邊緣，當它以僅幾萬米的高度掠過太陽表面上空時，由於黑洞吸入太陽大氣中大量的物質，亮度增到最大，使得太陽邊緣出現了一個刺眼的藍白色

光球，使它在這一刻看上去像一個緊密的雙星系統，這奇觀對人類將一直是個難解的謎。藍白色光球飛速掠過時，下面太陽浩翰的火海黯然失色。像一艘快艇掠過平靜的水面，黑洞的引力在太陽表面劃出了一道 V 型的劃痕，這劃痕擴展到太陽的整個半球才消失。奇點炸彈撞斷了一條日珥，這條從太陽表面升起的百萬公里長的美麗輕紗在高速衝擊下，碎成一群歡快舞蹈着的小小的等離子體旋渦……奇點炸彈掠過太陽後，亮度很快暗下來，最後消失在茫茫太空的永恆之夜中。

「我們險些毀滅了一個碳基文明。」參議員長出一口氣說。

「真是不可思議，在這麼荒涼的地方竟會存在 3C 級文明！」艦隊統帥感歎說。

「是啊，無論是碳基聯邦，還是矽基帝國，其文明擴展和培植計劃都不包括這一區域，如果這是一個自己進化的文明，那可是一件很不尋常的事。」最高執政官說。

「藍 84210 號艦，你們繼續留在那個行星系，對 3 號行星進行全表面文明檢測，你艦前面的任務將由其他艦隻接替。」艦隊司令命令道。

——

同他們在木星軌道之外的的數碼複製品不一樣，山村小學中的那些娃們絲毫沒有覺察到甚麼，在那間校舍裡的燭光下，他們只是圍着老師的遺體哭啊哭。不知哭了多長時間，娃們最後安靜下來。

「咱們去村裡告訴大人吧。」郭翠花抽泣着說。

「那又咋的？」劉寶柱低着頭說，「老師活着時村裡的人都膩歪

他，這會兒肯定連棺材錢都沒人給他出呢！」

最後，娃們決定自己掩埋自己的老師。他們拿了鋤頭鐵鍬，在學校旁邊的山地上開始挖墓坑，燦爛的群星在整個宇宙中靜靜地看着他們。

———

「天啊！這顆行星上的文明不是 3C 級，是 5B 級！！」看着藍84210 號艦從 1000 光年之外發回的檢測報告，參議員驚呼起來。

人類城市的摩天大樓群的影像在旗艦上方的太空中顯現。

「他們已經開始使用核能，並用化學推進方式進入太空，甚至已登上了他們所在行星的衛星。」

「他們基本特徵是甚麼？」艦隊統帥問。

「您想知道哪些方面？」藍 84210 號上的值勤軍官問。

「比如，這個行星上生命體記憶遺傳的等級是多少？」

「他們沒有記憶遺傳，所有記憶都是後天取得的。」

「那麼，他們的個體相互之間的資訊交流方式是甚麼？」

「極其原始，也十分罕見。他們身體內有一種很薄的器官，這種器官在這個行星以氧氮為主的大氣中振動時可產生聲波，同時把要傳輸的資訊調製到聲波之中，接收方也用一種薄膜器官從聲波中接收資訊。」

「這種方式資訊傳輸的速率是多大？」

「大約每秒 1 至 10 比特。」

「甚麼？」旗艦上聽到這話的所有人都大笑起來。

「真的是每秒 1 至 10 比特，我們開始也不相信，但反覆核實過。」

「上尉，你是個白癡嗎？」艦隊統帥大怒，「你是想告訴我們，一種沒有記憶遺傳，相互間用聲波進行資訊交流，並且是以令人難以置信的每秒 1 至 10 比特的速率進行交流的物種，能創造出 5B 級文明？而且這種文明是在沒有任何外部高級文明培植的情況下自行進化的？」

「但，閣下，確實如此。」

「但在這種狀態下，這個物種根本不可能在每代之間積累和傳遞知識，而這是文明進化所必需的！」

「他們有一種個體，有一定數量，分佈於這個種群的各個角落，這類個體充當兩代生命體之間知識傳遞的媒介。」

「聽起來像神話。」

「不，」參議員說，「在銀河文明的太古時代，確實有過這個概念，但即使在那時也極其罕見，除了我們這些星系文明進化史的專業研究者，很少有人知道。」

「你是說那種在兩代生命體之間傳遞知識的個體？」

「他們叫教師。」

「教 —— 師？」

「一個早已消失的太古文明詞彙，很生僻，在一般的古詞彙數據庫中都查不到。」

這時，從太陽系發回的全息影像焦距拉長，顯示出蔚藍色的地球在太空中緩緩轉動。

最高執政官說：「在銀河系聯邦時代，獨立進化的文明十分罕見，

能進化到 5B 級的更是絕無僅有，我們應該讓這個文明繼續不受干擾地進化下去，對它的觀察和研究，不僅有助於我們對太古文明的研究，對今天的銀河文明也有啟示。」

「那就讓藍 84210 號艦立刻離開那個行星系吧，並把這顆恆星周圍 100 光年的範圍列為禁航區。」艦隊統帥說。

———

北半球失眠的人，會看到星空突然微微抖動，那抖動從空中的一點發出，呈圓形向整個星空擴展，彷彿星空是一汪靜水，有人用手指在水中央點了一下似的。

藍 84210 號艦躍遷時產生的時空激波到達地球時已大大衰減，只使地球上所有的時鐘都快了 3 秒，但在三維空間中的人類是不可能覺察到這一效應的。

———

「很遺憾，」最高執政官說，「如果沒有高級文明的培植，他們還要在亞光速和三維時空中被禁錮 2000 年，至少還需 1000 年時間才能掌握和使用湮滅能量，2000 年後才能通過多維時空進行通訊，至於通過超空間躍遷進行宇宙航行，可能是 5000 年後的事了，至少要 1 萬年，他們才具備加入銀河系碳基文明大家庭的起碼條件。」

參議員說：「文明的這種孤獨進化，是銀河系太古時代才有的事。如果那古老的記載正確，我那太古的祖先生活在一個海洋行星的深海中。在那黑暗世界中的無數個王朝後，一個龐大的探險計劃開始了，

他們發射了第一個外空飛船，那是一個透明浮力小球，經過漫長的路程浮上海面。當時正是深夜，小球中的先祖第一次看到了星空……你們能夠想像，那對他們是怎樣的壯麗和神秘啊！」

最高執政官說：「那是一個讓人嚮往的時代，一粒灰塵樣的行星對先祖都是一個無限廣闊的世界，在那綠色的海洋和紫色的草原上，先祖敬畏地面對群星……這感覺我們已丟失千萬年了。」

「可我現在又找回了它！」參議員指着地球的影像說，她那藍色的晶瑩球體上浮動着雪白的雲紋，他覺得她真像一種來自他祖先星球海洋中的一種美麗的珍珠，「看這個小小的世界，她上面的生命體在過着自己的生活，做着自己的夢，對我們的存在，對銀河系中的戰爭和毀滅全然不知，宇宙對他們來說，是希望和夢想的無限源泉，這真像一首來自太古時代的歌謠。」

他真的吟唱了起來，他們三人的智慧場合為一體，蕩漾着玫瑰色的波紋。那從遙遠得無法想像的太古時代傳下來的歌謠聽起來悠遠、神秘、蒼涼，通過超空間，它傳遍了整個銀河系，在這團由上千億顆恆星組成的星雲中，數不清的生命感到了一種久已消失的溫馨和寧靜。

「宇宙的最不可理解之處在於它是可以理解的。」最高執政官說。

「宇宙的最可理解之處在於它是不可理解的。」參議員說。

———

當娃們造好那座新墳時，東方已經放亮了。老師是放在從教室拆下來的一塊門板上下葬的，陪他入土的是兩盒粉筆和一套已翻破的小

學課本。娃們在那個小小的墳頭上立了一塊石板，上面用粉筆寫着「李老師之墓」。

只要一場雨，石板上那稚拙的字跡就會消失；用不了多長時間，這座墳和長眠在裡面的人就會被外面的世界忘得乾乾淨淨。

太陽從山後露出一角，把一抹金暉投進仍沉睡着的山村；在仍處於陰影中的山谷草地上，露珠在閃着晶瑩的光，可聽到一兩聲怯生生的鳥鳴。

娃們沿着小路向村裡走去，那一群小小的身影很快消失在山谷中淡藍色的晨霧中。

他們將活下去，以在這塊古老貧脊的土地上，收穫雖然微薄、但確實存在的希望。

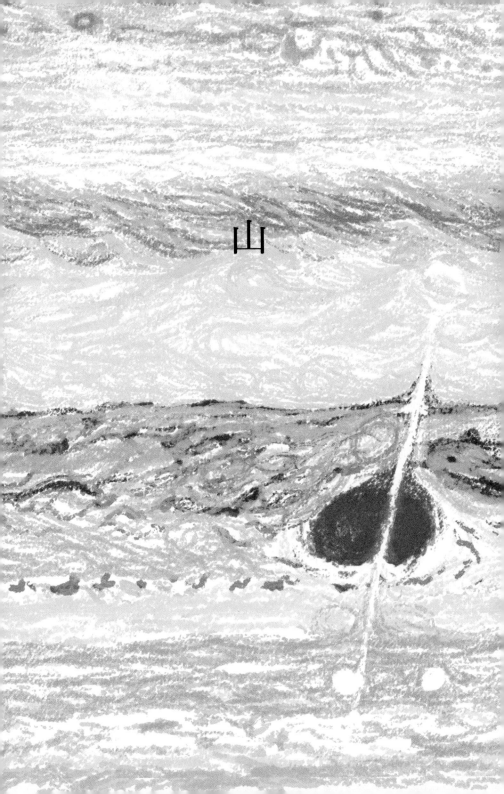

山

山在那兒

「我今天一定要搞清楚你這個怪癖：為甚麼從不上岸？」船長對馮帆說，「五年了，我都記不清藍水號停泊過多少個國家的多少個港口了，可你從沒上過岸；回國後你也不上岸；前年船在青島大修改造，船上亂哄哄地施工，你也沒上岸，就在一間小船倉裡過了兩個月。」

「我是不是讓你想到了那部叫《海上鋼琴師》①的電影了？」

「如果藍水號退役了，你是不是也打算像電影的主人公那樣隨它沉下去？」

「我會換條船，海洋考察船總是歡迎我這種不上岸的地質工程師的。」

———————————

① 港譯《聲光伴我飛》。

「是陸地上有甚麼東西讓你害怕吧？」

「相反，陸地上有東西讓我嚮往。」

「甚麼東西？」

「山。」

他們現在站在藍水號海洋地質考察船的左舷，看着赤道上的太平洋。一年前藍水號第一次過赤道時，船上還娛樂性地舉行了那個古老的儀式，但隨着這片海底錳結核沉積區的發現，藍水號在一年中反覆穿越赤道無數次，他們已經忘了赤道的存在。

現在，夕陽已沉到了海平線下，太平洋異常地平靜，馮帆從未見過平靜的海面，這讓他想起了那些喜馬拉雅山上的湖泊，清澈得發黑，像地球的眸子。一次，他和兩個隊員偷看湖裡的藏族姑娘洗澡，被幾個牧羊漢子拎着腰刀追，後來追不上，就用石拋子朝他們掄石頭，賊準，他們只好做投降狀站下，那幾個漢子走近打量了他們一陣兒就走了，馮帆聽懂了他們嘀咕的那幾句藏語：還沒見過外面來的人能在這地方跑這麼快。

「喜歡山？那你是山裡長大的了。」船長説。

「不，」馮帆説，「山裡長大的人一般都不喜歡山，他們總是感覺山把自己與世界隔絕開來。我認識一個尼泊爾夏爾巴族登山嚮導，他登了 41 次珠峰，但每一次都在距峰頂不遠處停下，看着僱用他的登山隊登頂，他説只要自己願意，無論從北坡還是南坡，都可以在十個小時內登上珠峰，但他沒有興趣。山的魅力是從兩個方位感受到的：一是從平原上遠遠地看山，再就是站在山頂上。

「我的家在河北大平原上，向西能看到太行山。家和山之間就像

這海似的一馬平川，沒遮沒擋。我生下來不久，媽第一次把我抱到外面，那時我脖子剛硬得能撐住小腦袋，就衝着西邊的山伊伊呀呀地叫。學走路時，總是搖搖晃晃地朝山那邊走。大一些後，曾在一天清晨出發，沿着石太鐵路向山走，一直走到中午肚子餓了才回頭，但那山看上去還是那麼遠。上學後還騎着自行車向山走，那山似乎隨着我向後退，絲毫沒有近些的感覺。時間長了，遠山對於我已成為一種象徵，像我們生活中那些清晰可見但永遠無法到達的東西，那是凝固在遠方的夢。」

「我去過那一帶。」船長搖搖頭説，「那裡的山很荒，上面只有亂石和野草，所以你以後注定要面臨一次失望。」

「不，我和你想的不一樣，我只想到山那裡，爬上去，並不指望得到山裡的甚麼東西。第一次登上山頂時，看着撫育我長大的平原在下面延展，真有一種新生的感覺。」

馮帆説到這裡，發現船長並沒有專注於他們的談話，他仰頭看天，那裡，已出現了稀疏的星星，「那兒，」船長用煙斗指着正上方天頂的一處説，「那兒不應該有星星。」

但那裡有一顆星星，很暗淡，絲毫不引人注意。

「你肯定？」馮帆將目光從天頂轉向船長，「GPS 早就代替了六分儀，你肯定自己還是那麼熟悉星空？」

「那當然，這是航海專業的基礎知識⋯⋯你接着説。」

馮帆點點頭：「後來在大學裡，我組織了一支登山隊，登過幾座7000 米以上的高山，最後登的是珠峰。」

船長打量着馮帆：「我猜對了，果然是你！我一直覺得你面熟，

改名了？」

「是的，我曾叫馮華北。」

「幾年前你可引起不小的關注啊，媒體上說的那些都是真的？」

「基本上是吧，反正那四個大學登山隊員確實是因我而死的。」

船長劃了根火柴，將熄滅的煙斗重新點着，「我感覺，做登山隊長和做遠洋船長有一點是相同的：最難的不是學會爭取，而是學會放棄。」

「可我當時要是放棄了，以後也很難再有機會。你知道登山運動是一件很花錢的事，我們是一支大學生登山隊，好不容易爭取到贊助……由於我們僱的登山協同和嚮導鬧罷工，在建一號營地時耽誤了時間，然後就預報有風暴，但從雲圖上看，風暴到這兒至少還有 20 個小時的時間，我們這時已經建好了 7900 米的二號營地，立刻登頂時間應該夠了。你說我這時能放棄嗎？我決定登頂。」

「那顆星星在變亮。」船長又抬頭看了看。

「是啊，天黑了嘛。」

「好像不是因為天黑……說下去。」

「後面的事你應該都知道：風暴來時，我們正在海拔 8680 米到 8710 米最險的一段上，那是一道接近 90 度的峭壁，登山界管它叫第二台階中國梯。當時峰頂已經很近了，天還很晴，只在峰頂的一側霧化出一縷雲，我清楚地記得，當時覺得珠峰像一把鋒利的刀子，把天劃破了，流出那縷白血……很快一切都看不見了，風暴颳起的雪霧那個密啊，一下子就把那四名隊員從懸崖上吹下去了，只有我死死拉着繩索。可我的登山鎬當時只是卡在冰縫裡，根本不可能支撐五個人

的重量，也就是出於本能吧，我割斷了登山索上的鋼扣，任他們掉下去……其中兩個人的遺體現在還沒找到。」

「這是五個人死還是四個人死的問題。」

「是，從登山運動緊急避險的準則來說，我也沒錯，但就此背上了這輩子的一個十字架……你說得對，那顆星星不正常，還在變亮。」

「別管它……那你現在的這種……狀況，與這次經歷有關嗎？」

「還用說嗎？你也知道當時媒體上鋪天蓋地的譴責和鄙夷，說我不負責任，說我是個自私怕死的小人，為自己活命犧牲了四個同伴……我至少可以部分澄清後一種指責，於是那天我穿上那件登山服，戴上太陽鏡，順着排水管登上了學院圖書館的頂層。就在我跳下去前，導師上來了，他在我後面說：你這麼做是不是太輕饒自己了？你這是在逃避更重的懲罰。我問他有那種懲罰嗎？他說當然有，你找一個離山最遠的地方過一輩子，讓自己永遠看不見山，這不就行了？於是我就沒有跳下去。這當然招來了更多的恥笑，但只有我自己知道導師說得對，那對我真的是一個比死更重的懲罰。我視登山為生命，學地質也是為的這個，讓我一輩子永遠離開自己癡迷的高山，再加上良心的折磨，很合適。於是我畢業後就找到了這個工作，成為藍水號考察船的海洋地質工程師，來到海上 —— 離山最遠的地方。」

船長盯着馮帆看了好半天，不知該說甚麼好，終於認定最好的選擇是擺脫這人，好在現在頭頂上的天空中就有一個轉移話題的目標：「再看看那顆星星。」

「天啊，它好像在顯出形狀來！」馮帆抬頭看後驚叫道。那顆星已不是一個點，而是一個小小的圓形，那圓形在很快擴大，轉眼間成

了天空中一個醒目的發着藍光的小球。

一陣急促的腳步聲把他們的目光從空中拉回了甲板，頭上戴着耳機的大副急匆匆地跑來，對船長説：「收到消息，有一艘外星飛船正在向地球飛來，我們所處的赤道位置看得最清楚，看，就是那個！」

三人抬頭仰望，天空中的小球仍在急劇膨脹，像吹了氣似的，很快脹到滿月大小。

「所有的電台都中斷了正常播音在説這事兒呢！那個東西早被觀測到了，現在才證實它是甚麼，它不回答任何詢問，但從運行軌道看，它肯定是有巨大動力的，正在高速向地球撲過來！他們説那東西有月球大小呢！」現在看，那個太空中的球體已遠不止月亮大小了，它的內部現在可以裝下十個月亮，佔據了天空相當大的一部分，這説明它比月球距地球要近得多。大副捂着耳機接着説：「他們説它停下了，正好停在 3 萬 6 千公里高的同步軌道上，成了地球的一顆同步衛星！」

「同步衛星？就是説它懸在那裡不動了？！」

「是的，在赤道上，正在我們上方！」

馮帆凝視着太空中的球體，它似乎是透明的，內部充盈着藍幽幽的光，真奇怪，他竟有種盯着海面看的感覺，每當海底取樣器升上來之前，海呈現出來的那種深邃都讓他着迷，現在，那個藍色巨球的內部就是這樣深不可測，像是地球海洋在遠古丟失的一部分正在回歸。

「看啊，海！海怎麼了？！」船長首先將目光從具有催眠般魔力的巨球上掙脱出來，用煙斗指着海面驚叫。

前方的海天連線開始彎曲，變成了一條向上拱起的正弦曲線。海

面隆起了一個巨大的水包，這水包急劇升高，像是被來自太空的一隻無形的巨手提了起來。

「是飛船質量的引力！它在拉起海水！」馮帆説，他很驚奇自己這時還能進行有效的思考。飛船的質量相當於月球，而它與地球的距離僅是月球的十分之一！幸虧它靜止在同步軌道上，引力拉起的海水也是靜止的，否則滔天的潮汐將毀滅世界。

現在，水包已升到了頂天立地的高度，呈巨大的禿錐形，它的表面反射着空中巨球的藍光，而落日暗紅的光芒又用艷麗的血紅勾勒出它的邊緣。水包的頂端在寒冷的高空霧化出了一縷雲霧，那雲飄出不遠就消失了，彷彿是傍晚的天空被劃破了似的，這景象令馮帆心裡一動，他想起了……

「測測它的高度！」船長喊道。

過了一分鐘有人喊道：「大約 9100 米！」

在這地球上有史以來最恐怖也是最壯美的奇觀面前，所有人都像被咒語定住了。「這是命運啊……」馮帆夢囈般地説。

「你説甚麼？」船長大聲問，目光仍被固定在水包上。

「我説這是命運。」

是的，是命運，為逃避山，馮帆來到太平洋中，而就在這距山最遠的地方，出現了一座比珠穆朗瑪峰還高 200 米的水山，現在，它是地球上最高的山。

「左舵五，前進四！我們還是快逃命吧！」船長對大副説。

「逃命？有危險嗎？」馮帆不解地問。

「外星飛船的引力已經造成了一個巨大的低氣壓區，大氣旋正在

形成，我告訴你吧，這可能是有史以來最大的風暴，說不定能把藍水號像樹葉似的颳上天！但願我們能在氣旋形成前逃出去。」

大副示意大家安靜，捂着耳機聽了一會兒，說：「船長，事情比你想的更糟！電台上說，外星人是來毀滅地球的，他們僅憑着飛船巨大的質量就能做到這一點！飛船引力產生的不是普通的大風暴，而是地球大氣的大洩漏！」

「洩漏？向甚麼地方洩漏？」

「飛船的引力會在地球的大氣層上拉出一個洞，就像扎破氣球一樣，空氣會從那個洞中逃逸到太空中去，地球大氣會跑光的！」

「這需要多長時間？」船長問。

「專家們說，只需一個星期左右，全球的大氣壓就會降到致命的低限。他們還說，當氣壓降到一定程度時，海洋會沸騰起來，天啊，那是甚麼樣子啊……現在各國的大城市都陷入混亂，人們一片瘋狂，都湧進醫院和工廠搶劫氧氣……呵，還說，美國卡納維拉爾角的航天發射基地都有瘋狂的人群湧入，他們想搶作為火箭發射燃料的液氧……」

「一個星期？就是說我們連回家的時間都不夠了。」船長說，摸出火柴再次點燃熄滅的煙斗。

「是啊，回家的時間都不夠了……」大副茫然地說。

「要這樣，我們還不如分頭去做自己最想做的事。」馮帆說，他突然興奮起來，感到熱血沸騰。

「你想做甚麼？」船長問。

「登山。」

「登山？登⋯⋯這座山？」大副指着海水高山吃驚地問。

「是的，現在它是世界最高峰了，山在那兒了，當然得有人去登。」

「怎麼登？」

「登山當然是徒步的——游泳。」

「你瘋了？！」大副喊道，「你能游上 9000 米高的水坡？那坡看上去有 45 度！那和登山不一樣，你必須不停地游動，一鬆勁就滑下來了！」

「我想試試。」

「讓他去吧。」船長說，「如果我們在這個時候還不能照自己的願望生活，那甚麼時候能行呢？這裡離水山的山腳有多遠？」

「20 公里吧。」

「你開一艘救生艇去吧，」船長對馮帆說，「記住多帶些食品和水。」

「謝謝！」

「其實你挺幸運的。」船長拍拍馮帆的肩說。

「我也這麼想。」馮帆說，「船長，還有一件事我沒告訴你，在珠峰遇難的那四名大學登山隊員中，有我的戀人。當我割斷登山索時，腦子裡閃過的念頭是這樣的：我不能死，還有別的山呢。」

船長點點頭：「去吧。」

「那⋯⋯我們怎麼辦呢？」大副問。

「全速衝出正在形成的風暴，多活一天算一天吧。」

馮帆站在救生艇上，目送着藍水號遠去，他原準備在其上度過一

生的。

另一邊，在太空中的巨球下面，海水高山靜靜地聳立着，彷彿億萬年來它一直就在那兒。

海面仍然很平靜，波瀾不驚，但馮帆感覺到了風在緩緩增強，空氣已經開始向海山的低氣壓區聚集了。救生艇上有一面小帆，馮帆升起了它，風雖然不大，但方向正對着海山，小艇平穩地向山腳駛去。隨着風力的加強，帆漸漸鼓滿，小艇的速度很快增加，艇首像一把利刃劃開海水，到山腳的 20 公里路程只走了 40 分鐘。當感覺到救生艇的甲板在水坡上傾斜時，馮帆縱身一躍，跳入被外星飛船的光芒照得藍幽幽的海中。

他成為第一個游泳登山的人。

現在，已經看不到海山的山頂，馮帆在水中抬頭望去，展現在他面前的，是一面一望無際的海水大坡，坡度有 45 度，彷彿是一個巨人把海洋的另一半在他面前掀起來一樣。

馮帆用最省力的蛙式游着，想起了大副的話。

他大概算了一下，從這裡到峰頂有 13 公里左右，如果是在海平面，他的體力游這麼遠是不成問題的，但現在是在爬坡，不進則退，登上頂峰幾乎是不可能的，但馮帆不後悔這次努力，能攀登海水珠峰，本身已是自己登山夢想的一個超值滿足了。

這時，馮帆有某種異樣的感覺。他已明顯地感到了海山坡度的增加，身體越來越隨着水面向上傾斜，游起來卻沒有感到更費力。回頭一看，看到了被自己丟棄在山腳的救生艇，他離艇之前已經落下了帆，此刻卻見小艇仍然穩穩地停在水坡上，沒有滑下去。他試着停止

游動，仔細觀察着周圍，發現自己也沒有下滑，而是穩穩地浮在傾斜的水坡上！馮帆一砸腦袋，罵自己和大副都是白癡：既然水坡上呈流體狀態的海水不會下滑，上面的人和船怎麼會滑下去呢？

空中巨球的引力與地球引力相互抵消，使沿坡面方向的重力逐漸減小，這種重力的漸減抵消了坡度，使得重力對水坡上的物體並不產生使其下滑的重力分量，對於重力而言，水坡或海水高山其實是不存在的，物體在坡上的受力狀態，與海平面是一樣的。

現在馮帆知道，海水高山是他的了。

馮帆繼續向上游，越來越感到輕鬆，主要是頭部出水換氣的動作能夠輕易完成，這是因為他的身體變輕的緣故。重力減小的其他跡象也開始顯現出來，馮帆游泳時濺起的水花下落的速度變慢了，水坡上海浪起伏和行進的速度也在變慢，這時大海陽剛的一面消失了，呈現出了正常重力下不可能有的輕柔。

隨着風力的增大，水坡上開始出現排浪，在低重力下，海浪的高度增加了許多，形狀也發生了變化，變得薄如蟬翼，在緩慢的下落中自身翻捲起來，像一把無形的巨刨在海面上推出一卷卷玲瓏剔透的刨花。海浪並沒有增加馮帆游泳的難度，浪的行進方向是向着峰頂，推送着他向上攀游。隨着重力的進一步減小，更美妙的事情發生了：薄薄的海浪不再是推送馮帆，而是將他輕輕地拋起來，有一瞬間他的身體完全離開了水面，旋即被前面的海浪接住，再拋出，他就這樣被一隻隻輕柔而有力的海之手傳遞着，快速向峰頂進發。他發現，這時用蝶泳的姿勢效率最高。

風繼續增強，重力繼續減小，水坡上的浪已超過了十米，但起伏

的速度更慢了。由於低重力下水之間的摩擦並不劇烈,這樣的巨浪居然不發出聲音,只能聽到風聲。身體越來越輕盈的馮帆從一個浪峰躍向另一個浪峰,他突然發現,現在自己騰空的時間已多於在水中的時間,不知道自己是在游泳還是在飛翔。有幾次,薄薄的巨浪把他蓋住了,他發現自己進入了一個由翻滾捲曲的水膜捲成的隧道中,在他的上方,薄薄的浪膜緩緩捲動,浸透了巨球的藍光。透過浪膜,可以看到太空中的外星飛船,巨球在浪膜後變形抖動,像是用淚眼看去一般。

馮帆看看左腕上的防水錶,他已經「攀登」了一個小時,照這樣出人意料的速度,最多再有同樣的時間就能登頂了。

馮帆突然想到了藍水號,照目前風力增長的速度看,大氣旋很快就要形成,藍水號無論如何也逃不出超級風暴了。他突然意識到船長犯了一個致命的錯誤:應該將船徑直駛向海水高山,既然水坡上的重力分量不存在,藍水號登上頂峰如同在平海上行駛一樣輕而易舉,而峰頂就是風暴眼,是平靜的!想到這裡,馮帆急忙掏出救生衣上的步話機,但沒人回答他的呼叫。

馮帆已經掌握了在浪尖飛躍的技術,他從一個浪峰躍向另一個浪峰,又「攀登」了20分鐘左右,已經走過了三分之二的路程,渾圓的峰頂看上去不遠了,它在外星飛船撒下的光芒中柔和地閃亮,像是等待着他的一個新的星球。這時,呼呼的風聲突然變成了恐怖的尖嘯,這聲音來自所有方向。風力驟然增大,二三十米高的薄浪還沒來得及落下,就在半空中被颶風撕碎,馮帆舉目望去,水坡上佈滿了被撕碎的浪峰,像一片在風中狂舞的亂髮,在巨球的照耀下發出一片炫

目的白光。

馮帆進行了最後的一次飛躍,他被一道近三十米高的薄浪送上半空,那道浪在他脫離的瞬間就被疾風粉碎了。他向着前方的一排巨浪緩緩下落,那排浪像透明的巨翅緩緩向上張開,似乎也在迎接他。就在馮帆的手與升上來的浪頭接觸的瞬間,這面晶瑩的水晶巨膜在強勁的風中粉碎了,化做一片雪白的水霧,浪膜在粉碎時發出一陣很像是大笑的怪聲。與此同時,馮帆已經變得很輕的身體不再下落,而是離癲狂的海面越來越遠,像一片羽毛般被狂風吹向空中。

馮帆在低重力下的氣流中翻滾着,暈眩中,只感到太空中發光的巨球在圍繞着他旋轉。當他終於能夠初步穩住自己的身體時,竟然發現自己在海水高山的頂峰上空盤旋!水山表面的排排巨浪從這個高度看去像一條條長長的曲線,這些曲線標示出旋風呈螺旋狀匯聚在山頂。馮帆在空中盤旋的圈子越來越小,速度越來越快,他正在被吹向氣旋的中心。

當馮帆飄進風暴眼時,風力突然減小,托着他的無形的氣流之手鬆開了,馮帆向着海水高山的峰頂墜下去,在峰頂的正中扎入了藍幽幽的海水中。

馮帆在水中下沉着,過了好一會兒才開始上浮,這時周圍已經很暗了。當窒息的恐慌出現時,馮帆突然意識到了他所面臨的危險:入水前的最後一口氣是在海拔近萬米的高空吸入的,含氧量很少,而在低重力下,他在水中的上浮速度很慢,即使是自己努力游動加速,肺中的空氣怕也支持不到自己浮上水面。一種熟悉的感覺向他襲來,他彷彿又回到了珠峰的風暴捲起的黑色雪塵中,死亡的恐懼壓倒了一

切。就在這時，他發現身邊有幾個銀色的圓球正在與自己一同上浮，最大的一個直徑有一米左右，馮帆突然明白這些東西是氣泡！低重力下的海水中有可能產生很大的氣泡。他奮力游向最大的氣泡，將頭伸過銀色的泡壁，立刻能夠順暢地呼吸了！當缺氧的暈眩緩過去後，他發現自己置身於一個球形的空間中，這是他再一次進入由水圍成的空間。透過氣泡圓形的頂部，可以看到變形的海面波光粼粼。在上浮中，隨着水壓的減小，氣泡在迅速增大，馮帆頭頂的圓形空間開闊起來，他感覺自己是在乘着一個水晶氣球升上天空。上方的藍色波光越來越亮，最後到了刺眼的程度，隨着「啪」地一聲輕響，大氣泡破裂，馮帆升上了海面。在低重力下他衝上了水面近一米高，再緩緩落下來。

馮帆首先看到的是周圍無數緩緩飄落的美麗水球，水球大小不一，最大的有足球大小，這些水球映射着空中巨球的藍光，細看內部還分着許多球層，顯得晶瑩剔透。這都是馮帆落到水面時濺起的水花，在低重力下，由於表面張力而形成球狀。他伸手接住一個，水球破碎時發出一種根本不可能是水所發出的清脆的金屬聲。

海山的峰頂十分平靜，來自各個方向的浪在這裡互相抵消，只留下一片碎波。這裡顯然是風暴的中心，是這狂躁的世界中唯一平靜的地方。這平靜以另一種洪大的轟鳴聲為背景，那就是旋風的呼嘯聲。馮帆抬頭望去，發現自己和海山都處於一口巨井中，巨井的井壁是由氣旋捲起的水霧構成的，這濃密的水霧在海山周圍緩緩旋轉着，一直延伸到高空。巨井的井口就是外星飛船，它像太空中的一盞大燈，將藍色的光芒投到「井」內。馮帆發現那個巨球周圍有一片奇怪的雲，那雲呈絲狀，像一張鬆散的絲網，它們看上去很亮，像自己會發光似的。

馮帆猜測，那可能是洩漏到太空中的大氣所產生的冰晶雲，它們看上去圍繞在外星飛船周圍，實際與之相距有三萬多公里。要真是這樣，地球大氣層的洩漏已經開始了，這口由大旋風構成的巨井，就是那個致命的漏洞。

　　不管怎麼樣，馮帆想，我登頂成功了。

頂峰對話

　　周圍的光線突然發生變化，暗了下來，閃爍着，馮帆抬頭望去，看到外星飛船發出的藍光消失了。他這時才明白那藍光的意義：那只是一個顯示幕空屏時的亮光，巨球表面就是一個顯示幕。現在，巨球表面出現了一幅圖像，圖像是從空中俯拍的，是浮在海面上的一個人在抬頭仰望，那人就是馮帆自己。半分鐘左右，圖像消失了，馮帆明白它的含義，外星人只是表示他們看到了自己。這時，馮帆真正感到自己是站在了世界的頂峰上。

　　螢幕上出現了兩排單詞，各國文字的都有，馮帆只認出了英文的「ENGLISH」，中文的「漢語」和日文的「日本語」，其他的，也顯然是用地球上各種文字所標明的相應語種。有一個深色框在各個單詞間快速移動，馮帆覺得這景象很熟悉。他的猜測很快得到了證實，他發現深色框的移動竟然是受自己的目光控制的！他將目光固定到「漢語」上，深色框就停在那裡，他眨了一下眼，沒有任何反應；應該按兩下，他想着，連眨了兩下眼，深色框閃了一下，巨球上的語言選擇功能表消失了，出現了一行很大的中文：你好！

「你好！」馮帆向天空大喊，「你能聽到我嗎？」

能聽到，你用不着那麼大聲，我們連地球上一隻蚊子的聲音都能聽到。我們從你們行星外洩的電波中學會了這些語言，想同你隨便聊聊。

「你們從哪裡來？」

巨球的表面出現了一幅靜止的圖像，由密密麻麻的黑點構成，複雜的細線把這些黑點連接起來，構成一張令人目眩的大網，這分明是一幅星圖。果然，其中的一個黑點發出了銀光，越來越亮。馮帆甚麼也沒看懂，但他相信這幅圖像肯定已被紀錄下來，地球上的天文學家們應該能看懂的。巨球上又出現了文字，星圖並沒有消失，而是成為文字的背景，或說桌面。

我們造了一座山，你就登上來了。

「我喜歡登山。」馮帆說。

這不是喜歡不喜歡的問題，我們必須登山。

「為甚麼？你們的世界有很多山嗎？」馮帆問，他知道這顯然不是人類目前迫切要談的話題，但他想談，既然周圍人都認為登山者是傻瓜，他只好與聲稱必須登山的外星人交流了，他為自己爭取到了這一切。

山無處不在，只是登法不同。

馮帆不知道這句話是哲學比喻還是現實描述，他只能傻傻地回答：「那麼你們那裡還是有很多山了。」

對於我們來說，周圍都是山，這山把我們封閉了，我們要挖洞才能登山。

這話令馮帆迷惑，他想了半天也沒想出是怎麼回事。

泡世界

外星人繼續說：我們的世界十分簡單，是一個球形空間，按照你們的長度單位計量，半徑約為 3000 公里。這個空間被岩層所圍繞，向任何一個方向走，都會遇到一堵緻密的岩壁。

我們的第一宇宙模型自然而然地建立起來了：宇宙由兩部分構成，其一就是我們生存的半徑為 3000 公里的球形空間，其二就是圍繞着這個空間的岩層，這岩層向各個方向無限延伸。所以，我們的世界就是這固體宇宙中的一個空泡，我們稱它為泡世界。這個宇宙理論被稱為密實宇宙論。當然，這個理論不排除這樣的可能：在無限的岩層中還有其他的空泡，離我們或近或遠，這就成了以後探索的動力。

「可是，無限厚的岩層是不可能存在的，會在引力下塌縮的。」

我們那時不知道萬有引力這回事，泡世界中沒有重力，我們生活在失重狀態中。真正意識到引力的存在是幾萬年以後的事了。

「那這些空泡就相當於固體宇宙中的星球了？真有趣，你們的宇宙在密度分佈上與真實的正好相反，像是真實宇宙的底片啊。」

真實的宇宙？這話很淺薄，只能說是現在已知的宇宙。你們並不知道真實的宇宙是甚麼樣子，我們也不知道。

「那裡有陽光、空氣和水嗎？」

都沒有，我們也都不需要。我們的世界中只有固體，沒有氣體和液體。

「沒有氣體和液體，怎麼會有生命呢？」

我們是機械生命，肌肉和骨骼由金屬構成，大腦是超高集成度的

晶片，電流和磁場就是我們的血液，我們以地核中的放射性岩塊為食物，靠它提供的能量生存。沒有誰製造我們，這一切都是自然進化而來，由最簡單的單細胞機械，由放射性作用下的岩石上偶然形成的 PN 結進化而來。我們的原始祖先首先發現和使用的是電磁能，至於你們意義上的火，從來就沒有發現過。

「那裡一定很黑吧。」

亮光倒是有一些，是放射性物質在地核的內壁上產生的，那內壁就是我們的天空了。光很弱，在岩壁上遊移不定，但我們也由此進化出了眼睛。地核中是失重的，我們的城市就懸浮在那昏暗的空間中，它們的大小與你們的城市差不多，遠看去，像一團團發光的雲。機械生命的進化時間比你們碳基生命要長得多，但我們殊途同歸，都走到了對宇宙進行思考的那一天。

「不過，這個宇宙可真夠憋屈的。」

憋屈……這是個新詞彙。所以，我們對廣闊空間的嚮往比你們要強烈，早在泡世界的上古時代，向岩層深處的探險就開始了，探險者們在岩層中挖隧道前進，試圖發現固體宇宙中的其他空泡。關於這些想像中的空泡，有着很多綺麗的神話，對遠方其他空泡的幻想構成了泡世界文學的主體。但這種探索最初是被禁止的，違者將被短路處死。

「是被教會禁止的嗎？」

不，沒甚麼教會，一個看不到太陽和星空的文明是產生不了宗教的。元老院禁止隧洞探險是出於很現實的理由：我們沒有你們近乎無限的空間，我們的生存空間半徑只有 3000 公里。隧洞挖出的碎岩會

在地核中堆積起來，由於相信有無限厚的岩層，那麼隧洞就可能挖得很長，最終挖出的碎岩會把地核空間填滿的！換句話說，是把地核的球形空間轉換成長長的隧洞空間。

「好像有一個解決辦法：把挖出的碎岩放到後面已經挖好的隧洞中，只留下供探險者們容身的空間就行了。」

後來的探險確實就是這麼進行的，探險者們容身的空間其實就是一個移動的小空泡，我們把它叫做泡船。但即使這樣，仍然有相當於泡船空間的一堆碎石進入地核空間，只有等待泡船返回時這堆碎石才能重新填回岩壁，如果泡船有去無回，那麼這小堆碎石佔據的地核空間就無法恢復，就相當於這一小塊空間被泡船偷走了，所以探險者們又被稱為空間竊賊。對於那個狹小的世界，這麼一點點空間也是寶貴的，天長日久，隨着一艘艘泡船的離去，被佔據的空間也很巨大。所以泡船探險在遠古時代也是被禁止的。同時，泡船探險是一項十分艱險的活動，一般的泡船中都有若干名挖掘手和一名領航員，那時還沒有掘進機，只能靠挖掘手（相當於你們船上的槳手）使用簡單的工具不停地挖掘，泡船才能在岩層中以極其緩慢的速度前進。

在一個剛能容身的小小空洞裡機器般勞作，在幽閉中追尋着渺茫的希望，無疑需要巨大的精神力量。

由於泡船的返回一般是沿着已經挖鬆的來路，所以相對容易些，但賭徒般的發現慾望往往會驅使探險者越過安全的折返點，繼續向前，這時，返回的體力和給養都不夠了，泡船就會擱淺在返途中，成為探險者的墳墓。儘管如此，泡世界向外界的探險雖然規模很小，但從未停止過。

哈勃紅移

在泡紀元 33281 年的一天（這是按地球紀年法，泡世界的紀年十分古怪，你理解不了），泡世界的岩層天空上突然出現了一個小小的洞，從洞中飛出的一堆碎岩在空中飄浮着，在放射性物質產生的微光中像一群閃爍的星星。中心城市的一隊士兵立刻向小破洞飛去（記住泡世界是沒有重力的），發現這是一艘返回的探險泡船，它在八年前就出發了，誰也沒有想到竟能回來。這艘泡船叫「針尖」號，它在岩層中前進了 200 公里，創造了返回泡船航行距離的紀錄。「針尖」號出發時有 20 名船員，但返回時只剩隨船科學家一人了，我們就叫他哥白尼吧。船上其餘的人，包括船長，都被哥白尼當食物吃掉了，事實上，這種把船員當給養的方式，是地層探險早期效率最高的航行方式。

按照嚴禁泡船探險的法律，以及哥白尼吃人的行為，他將在泡世界首都被處死。這天，幾十萬人聚集在行刑的中心廣場上，等着觀賞哥白尼被短路時美妙的電火花。但就在這時，世界科學院的一群科學家飄過來，公佈了他們的一個重大發現：「針尖」號帶回了沿途各段的岩石標本，科學家們發現，地層岩石的密度，竟是隨着航行距離減小的！

「你們的世界沒有重力，怎麼測定密度呢？」

通過慣性，比你們的方法要複雜一些。科學家們最初認為，這只是由於「針尖」號偶然進入了一個不均勻的地層區域。但在以後的一個世紀中，在不同方向上，有多艘泡船以超過「針尖」號的航行距離

深入地層並返回，帶回了岩石標本。人們震驚地發現，所有方向上的地層密度都是沿向外的方向漸減的，而且減幅基本一致！這個發現，動搖了統治泡世界兩萬多年的密實宇宙論。如果宇宙密度以泡世界為核心呈這樣的遞減分佈，那總有密度減到 0 的距離，科學家們依照已測得的遞減率，很容易計算出，這個距離是 3 萬公里左右。

「嘿，這很像我們的哈勃紅移啊！」

是很像，你們想像不出紅移速度能夠大於光速，所以把那個距離定為宇宙邊緣；而我們的先祖卻很容易知道密度為 0 的狀態就是空間，於是新的宇宙模型誕生了，在這個模型中，沿泡世界向外，宇宙的密度逐漸減小，直至淡化為空間，這空間延續至無限。這個理論被稱為太空宇宙論。

密實宇宙論是很頑固的，它的佔優勢地位的擁護者推出了一個打了補丁的密實宇宙論：認為密度的遞減只是由於泡世界周圍包裹着一層較疏鬆的球層，穿過這個球層，密度的遞減就會停止。他們甚至計算出了這個疏鬆球層的厚度是 300 公里。其實對這個理論進行證實或證偽並不難，只要有一艘泡船穿過 300 公里的岩層就行了。事實上，這個航行距離很快達到了，但地層密度的遞減趨勢仍在繼續。於是，密實宇宙論的擁護者又說前面的計算有誤，疏鬆球層的厚度應是 500 公里，十年後，這個距離也被突破了，密度的遞減仍在繼續，而且單位距離的遞減率有增加的趨勢。密實派們接着把疏鬆球層的厚度增加到 1500 公里……

後來，一個劃時代的偉大發現將密實宇宙論永遠送進了墳墓。

萬有引力

那艘深入岩層 300 公里的泡船叫「圓刀」號，它是有史以來最大的探險泡船，配備有大功率挖掘機和完善的生存保障系統，因而它向地層深處航行的距離創造了紀錄。

在到達 300 公里深度（或說高度）時，船上的首席科學家（我們叫他牛頓吧）向船長反映了一件不可思議的事：當船員們懸浮在泡船中央睡覺時，醒來後總是躺在靠向泡世界方向的洞壁上。

船長不以為然地說：思鄉夢遊症而已。他們想回家，所以睡夢中總是向着家的方向移動。

但泡船中與泡世界一樣是沒有空氣的，如果移動身體就只有兩種方式：一是蹬踏船壁，這在懸空睡覺時是不可能的；另一種方式是噴出自己體內的排洩物作為驅動，但牛頓沒有發現這類跡象。

船長仍對牛頓的話不以為然，但這個疏忽使他自己差點被活埋了。這天，向前的挖掘告一段落，由於船員十分疲勞，挖出的一堆碎岩沒有立刻運到船底，大家就休息了，想等睡醒後再運。船長也與大家一樣在船的正中央懸空睡覺，醒來後發現自己與其他船員一起被埋在了碎岩中！原來，在他們睡覺時，船首的碎岩與他們一起移到了靠向泡世界方向的船底！牛頓很快發現，船艙中的所有物體都有向泡世界方向移動的趨勢，只是它們移動得太慢，平時覺察不出來而已。

「於是牛頓沒有借助蘋果就發現了萬有引力！」

哪有那麼容易？但在我們的科學史上，萬有引力理論的誕生比你們要艱難得多，這是我們所處的環境決定的。當牛頓發現船中的物體

定向移動現象時，想當然地認為引力來自泡世界那半徑 3000 公里的空間。於是，早期的引力理論出現了讓人哭笑不得的謬誤：認為產生引力的不是質量而是空間。

「能想像，在那樣複雜的物理環境中，你們牛頓的思維比我們的牛頓可要複雜多了。」

是的，直到半個世紀後，科學家們才撥開迷霧，真正認清了引力的本質，並用與你們相似的儀器測定了萬有引力常數。引力理論獲得承認也經歷了一個漫長的過程，但一旦意識到引力的存在，密實宇宙論就完了，引力是不允許無限固體宇宙存在的。

太空宇宙論得到最終承認後，它所描述的宇宙對泡世界產生了巨大的誘惑力。在泡世界，守恆的物理量除了能量和質量外，還有空間。泡世界的空間半徑只有 3000 公里，在岩層中挖洞增大不了空間，只是改變空間的位置和形狀而已。同時，由於失重，地核文明是懸浮在空間中，而不是附着在洞壁（相當於你們的土地）上，所以在泡世界，空間是最保貴的東西，整個泡世界文明史，就是一部血腥的空間爭奪史。而現在驚聞空間可能是無限的，怎能不令人激動！於是，從此出現了前所未有的探險浪潮，數量眾多的泡船穿過地層向外挺進，企圖穿過太空宇宙論預言的 32000 公里的岩層，到達密度為 0 的天堂。

地核世界

說到這裡，如果你足夠聰明，應該能夠推測出泡世界的真相了。

「你們的世界，是不是位於一個星球的地心？」

正確，我們的行星大小與地球差不多，半徑約 8000 公里。但這顆行星的地核是空的，空核的半徑約為 3000 公里，我們就是地核中的生物。

不過，發現萬有引力後，我們還要過許多個世紀才能最後明白自己世界的真相。

地層戰爭

太空宇宙論建立後，追尋外部無限空間的第一個代價卻是消耗了泡世界的有限空間，眾多的泡船把大量的碎岩排入地核空間，這些碎岩懸浮在城市周圍，密密麻麻，無邊無際，以至於使得原來可以自由漂移的城市動彈不得，因為城市一旦移動，就將遭遇毀滅性的密集石雨。這些被碎岩佔掉的空間，至少有一半永遠無法恢復。

這時的元老院已由泡世界政府代替，作為地核空間的管理者和保衛者，瘋狂的泡船探險受到了政府嚴厲地鎮壓。但最初這種鎮壓效率並不高，因為當得知探險行為發生時，泡船早已深入地層了。所以政府很快意識到，制止泡船的最好工具就是泡船。於是，政府開始建立龐大的泡船艦隊，深入岩層攔截探險泡船，追回被它們盜走的空間。這種攔截行動自然遭到了探險泡船的抵抗，於是，地層中爆發了一場曠日持久的戰爭。

「這種戰爭真的很有意思！」

也很殘酷。首先，地層戰爭的節奏十分緩慢，因為以那個時代的

掘進技術，泡船在地層中的航行速度一般只有每小時 3 公里左右。地層戰爭推崇巨艦主義，因為泡船越大，續航能力越強，攻擊力也更強大。但不管多大的地層戰艦，其橫截面都應盡可能的小，這樣可以將挖掘截面藏到最小，以提高航行速度。所以，所有泡船的橫截面都是一樣的，大小只在於其長短。大型戰艦的形狀就是一條長長的隧道。由於地層戰場是三維的，所以其作戰方式類似於你們的空戰，但要複雜得多。當戰艦接觸敵艦發起攻擊時，首先要快速擴大艦首截面，以增大攻擊面積，這時的攻擊艦就變成了一根釘子的形狀。必要時，泡艦的艦首還可以形成多個分支，像一隻張開的利爪那樣，從多個方向攻擊敵艦。地層作戰的複雜性還表現在：每一艘戰艦都可以隨意分解成許多小艦，多艘戰艦又可以快速組合成一艘巨艦。所以當兩支敵對艦隊相遇時，是分解還是組合，是一門很深的戰術學問。

地層戰爭對於未來的探險並非只有負面作用，事實上，在戰爭的刺激下，泡世界發生了技術革命。除了高效率的掘進機器外，還發明了地震波儀：它既可用於地層中的通訊，又可用作雷達探測，強力的震波還可作為武器。最精緻的震波通訊設備甚至可以傳送圖像。

地層中曾出現過的最大戰艦是「線世界」號，它是泡世界政府建造的。當處於常規航行截面時，「線世界」號的長度達 150 公里，正如艦名所示，相當於一個長長的小世界了。身處其中，有置身於你們的英倫海底隧道的感覺，每隔幾分鐘，隧道中就有一列高速列車駛過，這是向艦尾運送掘進碎石的專列。「線世界」號當然可以分解成一支龐大的艦隊，但它大部分時間還是以整體航行的。

「線世界」號並非總是呈直線形，在進行機動航行時，它那長長

的艦體隧道可能形成一團自相貫通或交叉的、十分複雜的曲線。「線世界」號擁有最先進的掘進機，巡航速度是普通泡艦的一倍，達到每小時 6 公里，作戰速度可以超過每小時 10 公里！它還擁有超高功率的震波雷達，能夠準確定位 500 公里外的泡船；它的震波武器可以在 1 公里的距離上粉碎目標泡船內的一切物體。這艘超級巨艦在廣闊的地層中縱橫馳騁，所向披靡，消滅了大量的探險泡船，並每隔一段時間將吞併的探險泡船空間送還泡世界。

在「線世界」號的毀滅性打擊下，泡世界向外部的探險一度瀕於停頓。在地層戰爭中，探險者們始終處於劣勢，他們不能建造或組合長於 10 公里的戰艦，因為在地層中這樣的目標極易被「線世界」號上或泡世界基地中的雷達探測定位，進而迅速被消滅。但是，要使探險事業繼續下去，就必須消滅「線世界」號。經過長時間的籌劃，探險聯盟集結了一百多艘地層戰艦圍殲「線世界」號，這些戰艦中最長的也只有 5 公里。戰鬥在泡世界向外 1500 公里處展開，史稱「1500 公里戰役」。

探險聯盟首先調集 20 艘戰艦，在 1500 公里處組合成一艘長達 30 公里的巨艦，引誘「線世界」號前往攻擊。當「線世界」號接近誘餌，成一條直線高速衝向目標時，探險聯盟埋伏在周圍的上百艘戰艦沿與「線世界」號垂直的方向同時出擊，將這艘 150 公里長的巨艦截為 50 段。「線世界」號被截斷後分裂出來的 50 艘戰艦仍具有很強的戰鬥力，雙方的二百多艘戰艦纏鬥在一起，在地層中展開了慘烈的大混戰。戰艦空間在不斷地組合分化，

漸漸已分不清彼此。在戰役的最後階段，半徑達 200 公里的戰場已成了蜂窩狀，就在這個處於星球地下 3500 公里深處的錯綜複雜的

三維迷宮中，到處都是短兵相接的激戰。在這個位置，星球的重力已經很明顯，而與政府軍相比，探險者對重力環境更為熟悉。在迷宮內宏大的巷戰中，這微弱的優勢漸漸起了決定性的作用，探險聯盟取得了最後勝利。

海

戰役結束後，探險者聯盟將戰場的所有空間合為一體，形成了一個半徑為 50 公里的球形空間。

就在這個空間中，探險聯盟宣佈脫離泡世界獨立。

獨立後的探險聯盟與泡世界的探險運動遙相呼應，不斷地有探險泡船從地核來到聯盟，他們帶來的空間使聯盟領土的體積不斷增大，使得探險者們在 1500 公里高度獲得了一個前進基地。被漫長的戰爭拖得筋疲力盡的世界政府再也無力阻止這一切，只得承認探險運動的合法性。

隨着高度的增加，地層的密度也逐漸降低，使得掘進變得容易了；另外重力的增加也使碎岩的處理更加方便。以後的探險變得順利了許多。在戰後第八年，就有一艘名叫「螺旋」號的探險泡船走完了剩下的 3500 公里航程，到達了距泡世界邊緣 —— 也就是距星球中心8000 公里、距泡世界邊緣 5000 公里的高度。

「哇，那就是到達星球的表面了！你們看到了大平原和真正的山脈，這太激動人心了！」

沒甚麼可激動的，「螺旋」號到達的是海底。

「……」

　　當時，震波通訊儀的圖像搖了幾下就消失了，通訊完全中斷。在更低高度的其他泡船監聽到了一個聲音，轉換成你們的空氣聲音就是「剝」的一聲，這是高壓海水在瞬間湧入「螺旋」號空間時發出的。泡世界的機械生命和船上的儀器設備是絕對不能與水接觸的，短路產生的強大電流迅速汽化了滲入人體和機器內部的海水，「螺旋」號的乘員和設備在海水湧入的瞬間就像炸彈一樣爆裂了。

　　接着，聯盟又向不同的方向發出了十多艘探險泡船，但都在同樣的高度遇到了同樣的事情。除了那神秘的「剝」的一聲，再沒有傳回更多的資訊。

　　有兩次，在監視螢幕上看到了怪異的晶狀波動，但不知道那是甚麼。跟隨的泡船向上方發出的雷達震波也傳回了完全不可理解的回波，那回波的性質既不是空間也不是岩層。

　　一時間，太空宇宙論動搖了，學術界又開始談論新的宇宙模型，新的理論將宇宙半徑確定為 8000 公里，認為那些消失的探險船接觸了宇宙的邊緣，沒入了虛無。

　　探險運動面臨着嚴峻的考驗，以往無法返回的探險泡船所佔用的空間，從理論上說還是有希望回收的，但現在，泡船一旦接觸宇宙邊緣，其空間可能永遠損失了。到這一步，連最堅定的探險者都動搖了，因為在這個地層中的世界，空間是不可再生的。聯盟決定，再派出最後五艘探險泡船，在接近 5000 米高度時以極慢速上升。如果發生同樣的不測，就暫停探險運動。

　　又損失了兩艘泡船後，第三艘「岩腦」號取得了突破性的進展。

在 5000 米高度上，「岩腦」號以極慢的速度小心翼翼地向上掘進，接近海底時，海水並沒有像以前那樣壓塌船頂的岩層瞬間湧入，而是通過岩層上的一道窄裂縫呈一條高壓射流噴射進來。「岩腦」號在航行截面上長 250 米，在高地層探險船中算是體積較大的，噴射進來的海水用了近一小時才充滿船的空間。在觸水爆裂前，船上的震波儀紀錄了海水的形態，並將數據和圖像完整地發回聯盟。就這樣，地核人第一次見到了液體。

泡世界的遠古時代可能存在過液體，那是熾熱的岩漿，後來星球的地質情況穩定了，岩漿凝固，地核中就只有固體了。有科學家曾從理論上預言過液體的存在，但沒人相信宇宙中真有那種神話般的物質。現在，從傳回的圖像中人們親眼看到了液體。他們震驚地看着那道白色的射流，看着水面在船內空間緩緩上升，看着這種似乎違反所有物理法則的魔鬼物質適應着它的附着物的任何形狀，滲入每一道最細微的縫隙；岩石表面接觸它後似乎改變了性質，顏色變深了，反光性增強了；最讓他們感興趣的是：大部分物體都會沉入這種物質中，但有部分爆裂的人體和機器碎片卻能浮在其液面上！而這些碎片的性質與那些沉下去的沒有任何區別。地核人給這種液體物質起了一個名字，叫無形岩。

以後的探索就比較順利了。探險聯盟的工程師們設計了一種叫引管的東西，這是一根長達 200 米的空心鑽杆，當鑽透岩層後，鑽頭可以像蓋子那樣打開，以將海水引入管內，管子的底部有一個閥門。攜帶引管和鑽機的泡船上升至 5000 米高度後，引管很順利地鑽透岩層伸入海底。鑽探畢竟是地核人最熟悉的技術，但另一項技術他們卻一無所知，那就是密封。由於泡世界中沒有液體和氣體，所以也沒有密封

技術。引管底部的閥門很不嚴實，沒有打開閥門，海水已經漏了出來。

　　事後證明這是一種幸運，因為如果將閥門完全打開，沖入的高壓海水的動能將遠大於上次從細小的裂縫中滲入的，那道高壓射流會像一道鐳射那樣切斷所遇到的一切。現在從關閉的閥門滲入的水流卻是可以控制的。你可以想像，泡船中的探險者們看着那一道道細細的海水在他們眼前噴出，是何等震撼啊。

　　他們這時對於液體，就像你們的原始人對於電流那樣無知。在用一個金屬容器小心翼翼地接滿一桶水後，泡船下降，將那根引管埋在岩層中。在下降的過程中，探險者們萬分謹慎地守護着那桶作為研究標本的海水，很快又有了一個新的發現：無形岩居然是透明的！上次裂縫中滲入的海水由於混入了沙土，使他們沒有發現這一點。隨着泡船下降深度的增加，溫度也在增加，探險者們驚恐地看到，無形岩竟是一種生命體！它在活過來，表面憤怒地翻滾着，呈現由無數湧泡構成的可怕形態。但這怪物在展現生命力的同時也在消耗着自己，化做一種幽靈般的白色影子消失在空中。當桶中的無形岩都化做白色魔影消失後，船艙中的探險者們相繼感到了身體的異常，短路的電火花在他們體內閃爍，最後他們都變成一團團焰火，痛苦地死去了。聯盟基地中的人們通過監視器傳回的震波圖像看到了這可怕的情景，但監視器也很快短路停機了。前去接應的泡船也遭遇了同樣的命運，在與下降的泡船對接後，接應泡船中的乘員也同樣短路而死，彷彿無形岩化做了一種充滿所有空間的死神。但科學家們也發現，這一次的短路沒有上一次那麼劇烈，他們得出結論：隨着空間體積的增加，無形死神的密度也在降低。接下來，在付出了更多的生命代價後，地核人終於

又發現了一種他們從未接觸過的物質形態：氣體。

星空

這一系列的重大發現終於打動了泡世界的政府，使其與昔日的敵人聯合起來，也投身於探險事業之中，一時間，對探險的投入急劇增加，最後的突破就在眼前。

雖然對水蒸氣的性質有了越來越多的了解，但缺乏密封技術的地核科學家一時還無法避免它對地核人生命和儀器設備的傷害。不過他們已經知道，在4500米以上的高度，無形岩是死的，不會沸騰。於是，地核政府和探險聯盟一起在4800米的高度上建造了一所實驗室，裝配了更長、性能更好的引管，專門進行無形岩的研究。

「直到這時，你們才開始做阿基米德的工作。」

是的，可你不要忘記，我們在原始時代，就做了法拉第的工作。

在無形岩實驗室中，科學家們相繼發現了水壓和浮力定律，同時與液體有關的密封技術也得以發展和完善。人們終於發現，在無形岩中航行，其實是一件十分簡單的事，比在地層中航行要容易得多。只要船體的密封和耐壓性達到要求，不需任何挖掘，船就可以在無形岩中以令人難以想像的高速度上升。

「這就是泡世界的火箭了。」

應該稱做水箭。水箭是一個蛋形耐高壓金屬容器，沒有任何動力設施，內部僅可乘坐一名探險者，我們就叫他泡世界的加加林吧。水箭的發射平台位於5000米高度，是在地層中挖出的一個寬敞的大

廳。在發射前的一小時，加加林進入水箭，關上了密封艙門。確定所有儀器和生命維持系統正常後，自動掘進機破壞了大廳頂部厚度不到十米的薄岩層，隨着「轟隆」一聲，岩層在上方無形岩的巨大壓力下坍塌了，水箭浸沒於深海的無形岩之中。

周圍的塵埃落定後，加加林透過由金剛石製造的透明舷窗，驚奇地發現發射平台上的兩盞探照燈在無形岩中打出了兩道光柱，由於泡世界中沒有空氣，光線不會散射，這時地核人第一次看到了光的形狀。震波儀傳來了發射命令，加加林扳動手柄，鬆開了將水箭錨固定在底部岩層上的鉸鏈，水箭緩緩升離了海底，在無形岩中很快加速，向上浮去。

科學家們按照海底壓力，很容易計算出了上方無形岩的厚度，約10000米，如無意外，上浮的水箭能夠在15分鐘內走完這段航程，但以後會遇到甚麼，誰都不知道。

水箭在一片寂靜中上升着，透過舷窗看出去，只有深不見底的黑暗。偶爾有幾粒懸浮在無形岩中的塵埃在舷窗透出的光亮中飛速掠過，標示着水箭上升的速度。

加加林很快感到一陣恐慌，他是生活在固體世界中的生命，現在第一次進入了無形岩的空間，一種無依無靠的虛無感攫住了他的全部身心。15分鐘的航程是那麼漫長，它濃縮了地核文明十萬年的探索歷程，彷彿永無止境……就在加加林的精神即將崩潰之際，水箭浮上了這顆行星的海面。

上浮慣性使水箭衝上了距海面十幾米的空中，在下落的過程中，加加林從舷窗中看到了下方無形岩一望無際的廣闊表面，這巨大的平

面上波光粼粼，加加林並沒有時間去想這表面反射的光來自哪裡。水箭重重地落在海面上，飛濺的無形岩白花花一片撒落在周圍，水箭像船一樣平穩地浮在海面上，隨波浪輕輕起伏着。

加加林小心翼翼地打開艙門，慢慢探出身去，立刻感到了海風的吹拂，過了好一陣兒，他才悟出這是氣體。恐懼使他戰慄了一下，他曾在實驗室中的金剛石管道中看到過水汽的流動，但宇宙中竟然有如此巨量的氣體存在，是任何人都始料未及的。

加加林很快發現，這種氣體與無形岩沸騰後轉化的那種不同，不會導致肌體的短路。他在以後的回憶錄中有過一段這樣的描述：我感到這是一隻無形巨手溫柔的撫摸，這巨手來自一個我們不知道的無限巨大的存在，在這個存在面前，我變成了另一個全新的我。

加加林抬頭望去，這時，地核文明十萬年的探索得到了最後的報償。

他看到了燦爛的星空。

山無處不在

「真是不容易，你們經歷了那麼長時間的探索，才站到我們的起點上。」馮帆讚歎道。

所以，你們是一個很幸運的文明。

這時，逃逸到太空中的大氣形成的冰晶雲面積擴大了很多，天空一片晶亮，外星飛船的光芒在冰晶雲中散射出一圈絢麗的彩虹。下面，大氣旋形成的巨井仍在轟隆隆地旋轉着，像是一台超級機器在一

點點碾碎這個星球。而周圍的山頂卻更加平靜，連碎波都沒有了，海面如鏡，又讓馮帆想起了藏北的高山湖泊……馮帆強迫自己，使思想回到了現實。

「你們到這裡來幹甚麼？」他問。

我們只是路過，看到這裡有智慧文明，就想找人聊聊，誰先登上這座山頂我們就和誰聊。

「山在那兒，總會有人去登的。」

是，登山是智慧生物的一個本性，他們都想站得更高些，看得更遠些，這並不是生存的需要。比如你，如果為了生存就會遠遠逃離這山，可你卻登上來了。進化賦予智慧文明登高的慾望是有更深的原因的，這原因是甚麼我們還不知道。山無處不在，我們都還在山腳下。

「我在山頂上。」馮帆說，他不容別人挑戰自己登上世界最高峰的榮譽，即使是外星人。

你在山腳下，我們都在山腳下。光速是一個山腳，空間是一個山腳，被禁錮在光速和空間這狹窄的深谷中，你不覺得……憋屈嗎？

「生來就這樣，習慣了。」

那麼，我下面要說的事你會很不習慣的。看看這個宇宙，你感覺到甚麼？

「廣闊啊，無限啊，這類的。」

你不覺得憋屈嗎？

「怎麼會呢？宇宙在我眼裡是無限的，在科學家們眼裡，好像也有 200 億光年呢。」

那我告訴你，這是一個 200 億光年半徑的泡世界。

「……」

我們的宇宙是一個空泡，一塊更大固體中的空泡。

「怎麼可能呢？這塊大固體不會因引力而坍縮嗎？」

至少目前還沒有，我們這個氣泡還在超固體塊中膨脹着。引力引起坍縮是對有限的固體塊而言的，如果包裹我們宇宙的這個固體塊是無限的，就不存在坍縮問題。當然，這只是一種猜測，誰也不知道那個固體超宇宙是不是無限的。有許多種猜測，比如認為引力在更大的尺度上被另一種力抵消，就像電磁力在微觀尺度上被核力抵消一樣，我們意識不到這種力，就像處於泡世界中意識不到萬有引力一樣。從我們收集到的數據上看，對於宇宙的氣泡形狀，你們的科學家也有所猜測，只是你不知道罷了。

「那塊大固體是甚麼樣子的？也是……岩層嗎？」

不知道，五萬年後我們到達目的地時才能知道。

「你們要去哪裡？」

宇宙邊緣，我們是一艘泡船，叫「針尖」號，記得這名字嗎？

「記得，它是泡世界中首先發現地層密度遞減規律的泡船。」

對，不知我們能發現甚麼。

「超固體宇宙中還有其他的空泡嗎？」

你已經想得很遠了。

「這讓人不能不想。」

想想一塊巨岩中的幾個小泡泡，就是有，找到它們也很難，但我們這就去找。

「你們真的很偉大。」

好了，聊得很愉快，但我們還要趕路，五萬年太久，只爭朝夕。認識你很高興，記住，山無處不在。

由於冰晶雲的遮攔，最後這行字已經很模糊。

接着，太空中的巨型螢幕漸漸暗下來，巨球本身也在變小，很快縮成一點，重新變成星海中一顆不起眼的星星，這變化比它出現時要快許多。這顆星星在夜空中疾駛而去，轉眼消失在西方天際。

海天之間黑了下來，冰晶雲和風暴巨井都看不見了，天空中只有一片黑暗的混沌。馮帆聽到周圍風暴的轟鳴聲在迅速減小，很快變成了低聲的嗚咽，再往後完全消失了，只能聽到海浪的聲音。

馮帆有了下墜的感覺，他看到周圍的海面正在緩緩地改變着形狀，海山渾圓的山頂在變平，像一把正在撐開的巨傘一樣。他知道，海水高山正在消失，他正在由 9000 米高空向海平面墜落。在他的感覺中只有兩三分鐘，他漂浮的海面就停止了下降，他知道這點，是由於自己身體下降的慣性使他沒入了已停降的海面之下，好在這次沉得並不深，他很快游了上來。

周圍已是正常的海面，海水高山消失得無影無蹤，彷彿從來就沒有存在過一樣。風暴也完全停止了，風暴強度雖大但持續時間很短，只是颳起了表層浪，所以海面也在很快平靜下來。

天空中的冰晶雲已經散去很多，燦爛的星空再次出現了。

馮帆仰望着星空，想像着那個遙遠的世界，真的太遠了，連光都會走得疲憊，那又是很早以前，在那個海面上，泡世界的加加林也像他現在這樣仰望着星空。穿越廣漠的時空荒漠，他們的靈魂相通了。

馮帆一陣噁心，吐出了些甚麼，憑嘴裡的味道他知道是血，他在

9000 米高的海山頂峰得了高山病，肺水腫出血了，這很危險。在突然增加的重力下，他虛弱得動彈不得，只是靠救生衣把自己托在水面上。不知道藍水號現在的命運，但基本上可以肯定，方圓 1000 公里內沒有船了。

在登上海山頂峰的時候，馮帆感覺此生足矣，那時他可以從容地去死。但現在，他突然變成了世界上最怕死的人。他攀登過岩石的世界屋脊，這次又登上了海水構成的世界最高峰，下次會登甚麼樣的山呢？這無論如何得活下去才能知道。幾年前在珠峰雪暴中的感覺又回來了，那感覺曾使他割斷了連接同伴和戀人的登山索，將他們送進了死亡世界，現在他知道自己做對了。如果現在真有甚麼可背叛的東西來拯救自己的生命，他會背叛的。

他必須活下去，因為山無處不在。

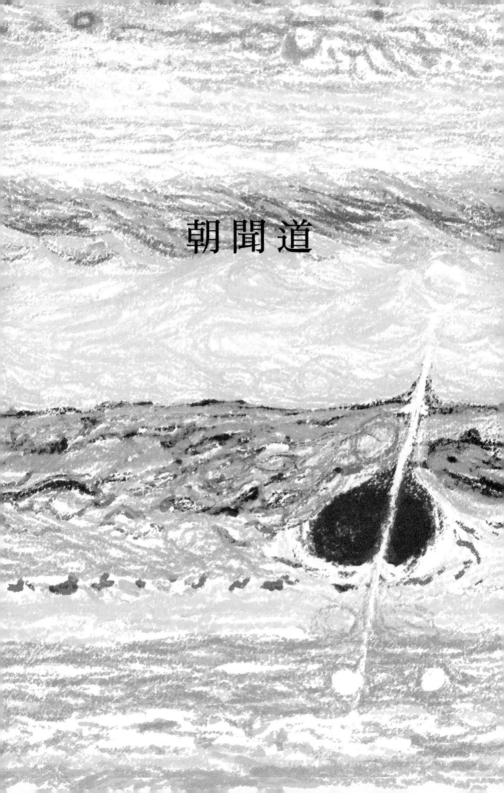

朝聞道

愛因斯坦赤道

「有一句話我早就想對你們說，」丁儀對妻子和女兒說，「我心中的位置大部分都被物理學佔據了，只是努力擠出了一個小角落給你們，對此我心裡很痛苦，但也實在是沒辦法。」

他的妻子方琳說：「這話你對我說過兩百遍了。」

十歲的女兒文文說：「對我也說過一百遍了。」

丁儀搖搖頭說：「可你們始終沒能理解我這話的真正含義，你們不懂得物理學到底是甚麼。」

方琳笑着說：「只要它的性別不是女就行。」

這時，他們一家三口正坐在一輛時速達 500 公里的小車上，行駛在一條直徑 5 米的鋼管中，這根鋼管的長度約為 3 萬公里，在北緯 45 度線上繞地球一周。

　　小車完全自動行駛，透明的車艙內沒有任何駕駛設備。從車裡看出去，鋼管筆直地伸向前方，小車像是一顆正在無限長的槍管中射出的子彈，前方的洞口似乎固定在無限遠處，看上去針尖大小，一動不動，如果不是周圍的管壁如湍急的流水飛快掠過，肯定覺察不出車的運動。在小車啟動或停車時，可以看到管壁上安裝的數量龐大的儀器，還有無數等距離的箍圈，當車加速起來後，它們就在兩旁渾然一體地掠過，看不清了。丁儀告訴她們，那些箍圈是用於產生強磁場的超導線圈，而懸在鋼管正中的那條細管是粒子通道。

　　他們正行駛在人類迄今所建立的最大的粒子加速器中，這台環繞地球一周的加速器被稱為「愛因斯坦赤道」，借助它，物理學家們將實現上世紀那個巨人肩上的巨人最後的夢想：建立宇宙的大統一模型。

　　這輛小車本是加速器工程師們用於維修的，現在被丁儀用來帶着全家進行環球旅行，這旅行是他早就答應妻子和女兒的，但她們萬萬沒有想到要走這條路。整個旅行耗時 60 小時，在這環繞地球一周的行駛中，她們除了筆直的鋼管甚麼都沒看到。不過方琳和文文還是很高興很滿足，至少在這兩天多時間裡，全家人難得地聚在一起。

　　旅行的途中也並不枯燥，丁儀不時指着車外飛速掠過的管壁對文文說：「我們現在正在駛過外蒙古，看到大草原了嗎？還有羊群……我們在經過日本，但只是擦過它的北角，看，朝陽照到積雪的國後島上了，那可是今天亞洲迎來的第一抹陽光……我們現在在太平洋底了，真黑，甚麼都看不見，哦不，那邊有亮光，暗紅色的，嗯，看清了，那是洋底火山口，它湧出的岩漿遇水很快冷卻了，所以那暗紅光一閃一閃的，像海底平原上的篝火，文文，大陸正在這裡生長啊……」

後來，他們又在鋼管中駛過了美國全境，潛過了大西洋，從法國海岸登上歐洲的土地，駛過義大利和巴爾幹半島，第二次進入俄羅斯，然後從裡海回到亞洲，穿過哈薩克進入中國，現在，他們正走完最後的路程，回到了愛因斯坦赤道在塔克拉瑪干沙漠中的起點 —— 世界核子中心，這也是環球加速器的控制中心。

當丁儀一家從控制中心大樓出來時，外面已是深夜，廣闊的沙漠靜靜地在群星下伸向遠方，世界顯得簡單而深邃。

「好了，我們三個基本粒子，已經在愛因斯坦赤道中完成了一次加速試驗。」丁儀興奮地對方琳和文文說。

「爸爸，真的粒子要在這根大管子中跑這麼一大圈，要多長時間？」文文指着他們身後的加速器管道問，那管道從控制中心兩側向東西兩個方向延伸，很快消失在夜色中。

丁儀回答說：「明天，加速器將首次以它最大的能量運行，在其中運行的每個粒子，將受到相當於一顆核彈的能量的推動，它們將加速到接近光速，這時，每個粒子在管道中只需十分之一秒就能走完我們這兩天多的環球旅程。」

方琳說：「別以為你已經實現了自己的諾言，這次環球旅行是不算的！」

「對！」文文點點頭說，「爸爸以後有時間，一定要帶我們在這長管子的外面沿着它走一圈，真正看看我們在管子裡面到過的地方，那才叫真正的環球旅行呢！」

「不需要，」丁儀對女兒意味深長地說，「如果你睜開了想像力的眼睛，那這次旅行就足夠了，你已經在管子中看到了你想看的一切，

甚至更多！孩子，更重要的是，藍色的海洋紅色的花朵綠色的森林都不是最美的東西，真正的美眼睛是看不到的，只有想像力才能看到它，與海洋花朵森林不同，它沒有色彩和形狀，只有當你用想像力和數學把整個宇宙在手中捏成一團兒，使它變成你的一個心愛的玩具，你才能看到這種美……」

丁儀沒有回家，送走了妻女後，他回到了控制中心。中心只有不多的幾個值班工程師，在加速器建成以後歷時兩年的緊張調試後，這裡第一次這麼寧靜。

丁儀上到樓頂，站在高高的露天平台上，他看到下面的加速器管道像一條把世界一分為二的直線，他有一種感覺：夜空中的星星像無數個瞳仁，它們的目光此時都焦聚在下面這條直線上。

丁儀回到下面的辦公室，躺在沙發上睡着了，進入了一個理論物理學家的夢鄉。

他坐在一輛小車裡，小車停在愛因斯坦赤道的起點。小車啟動，他感覺到了加速時強勁的推力。他在 45 度緯線上繞地球旋轉，一圈又一圈，像輪盤上的骰子。隨着速度趨近光速，急劇增加的質量使他的身體如一樽金屬塑像般凝固了，意識到了這個身體中已蘊含了創世的能量，他有一種帝王般的快感。在最後一圈，他被引入一條支路，衝進一個奇怪的地方，這是虛無之地，他看到了虛無的顏色，虛無不是黑色也不是白色的，它的色彩就是無色彩，但也不是透明，在這裡，空間和時間都還是有待他去創造的東西。他看到前方有一個小黑點，急劇擴大，那是另一輛小車，車上坐着另一個自己。當他們以光速相撞後同時消失了，只在無際的虛空中留下一個無限小的奇點，這

萬物的種子爆炸開來，能量火球瘋狂暴脹。當瀰漫整個宇宙的紅光漸漸減弱時，冷卻下來的能量天空中物質如雪花般出現了，開始是稀薄的星雲，然後是恆星和星系群。

在這個新生的宇宙中，丁儀擁有一個量子化的自我，他可以在瞬間從宇宙的一端躍至另一端。其實他並沒有跳躍，他同時存在於這兩端，他同時存在於這浩大宇宙中的每一點，他的自我像無際的霧氣瀰漫於整個太空，由恆星沙粒組成的銀色沙漠在他的體內燃燒。他無所不在的同時又無所在，他知道自己的存在只是一個概率的幻影，這個多態疊加的幽靈渴望地環視宇宙，尋找那能使自己坍縮為實體的目光。正找着，這目光就出現了，它來自遙遠太空中浮現出來的兩雙眼睛，它們出現在一道由群星織成的銀色帷幕後面，那雙有着長長睫毛的美麗的眼睛是方琳的，那雙充滿天真靈性的眼睛是文文的。這兩雙眼睛在宇宙中茫然掃視，最終沒能覺察到這個量子自我的存在，波函數顫抖着，如微風掃過平靜的湖面，但坍縮沒有發生。

正當丁儀陷入絕望之時，茫茫的星海擾動起來，群星匯成的洪流在旋轉奔湧，當一切都平靜下來時，宇宙間的所有星星構成了一隻大眼睛，那隻百億光年大小的眼睛如鑽石粉末在黑色的天鵝絨上撒出的圖案，它盯着丁儀看，波函數在瞬間坍縮，如倒着放映的焰火影片，他的量子存在凝聚在宇宙中微不足道的一點上，他睜開雙眼，回到了現實。

是控制中心的總工程師把他推醒的，丁儀睜開眼，看到核子中心的幾位物理學家和技術負責人圍着他躺的沙發站着，他們用看一個怪物的目光盯着他看。

「怎麼？我睡過了嗎？」丁儀看看窗外，發現天已亮了，但太陽還未升起。

「不，出事了！」總工程師説，這時丁儀才知道，大家那詫異的目光不是衝着他的，而是由於剛出的那件事情。總工程師拉起丁儀，帶他向窗口走去，丁儀剛走了兩步就被人從背後拉住了，回頭一看，是一位叫松田誠一的日本物理學家，上屆諾貝爾物理學獎獲得者之一。

「丁博士，如果您在精神上無法承受馬上要看到的東西，也不必太在意，我們現在可能是在夢中。」日本人説，他臉色蒼白，抓着丁儀的手在微微顫抖。

「我剛從夢中出來！」丁儀説，「發生了甚麼事？」

大家仍用那種怪異的目光看着他，總工程師拉起他繼續朝窗口走去，當丁儀看到窗外的景象時，立刻對自己剛才的話產生了懷疑，眼前的現實突然變得比剛才的夢境更虛幻了。

在淡藍色的晨光中，以往他熟悉的橫貫沙漠的加速器管道消失了，取而代之的是一條綠色的草帶，這條綠色大道沿東西兩個方向伸向天邊。

「再去看看中心控制室吧！」總工程師説，丁儀隨着他們來到樓下的控制大廳，又受到了一次猝不及防的震撼：大廳中一片空曠，所有的設備都消失得無影無蹤，原來放置設備的位置也長滿了青草，那草是直接從防靜電地板上長出來的。

丁儀發瘋似地衝出控制大廳，奔跑着繞過大樓，站到那條取代加速器管道的草帶上，看着它消失在太陽即將升起的東方地平線處，在早晨沙漠上寒冷的空氣中他打了個寒戰。

「加速器的其他部分呢？」他問喘着氣跟上來的總工程師。

「都消失了，地上、地下和海中的，全部消失了。」

「也都變成了草？！」

「哦不，草只在我們附近的沙漠上有，其他部分只是消失了，地面和海底部分只剩下空空的支座，地下部分只留下空隧道。」

丁儀彎腰拔起了一束青草，這草在別的地方看上去一定很普通，但在這裡就很不尋常：它完全沒有紅柳或仙人掌之類的耐旱的沙漠植物的特點，看上去飽含水份，清脆欲滴，這樣的植物只能生長在多雨南方。丁儀搓碎了一根草葉，手指上沾滿了綠色的汁液，一股淡淡的清香飄散開來。丁儀盯着手上的小草呆立了很長時間，最後説：「看來，這真是夢了。」

東方傳來一個聲音：「不，這是現實！」

真空衰變

在綠色草路的盡頭，朝陽已升出了一半，它的光芒照花了人們的眼睛，在這光芒中，有一個人沿着草路向他們走來，開始他只是一個以日輪為背景的剪影，剪影的邊緣被日輪侵蝕，顯得變幻不定。當那人走近些後，人們看到他是一名中年男子，穿着白襯衣和黑褲子，沒打領帶。再近些，他的面孔也可以看清了，這是一張兼具亞洲和歐洲人特點的臉，這在這個地區並沒有甚麼不尋常，但人們絕不會把他誤認為是當地人，他的五官太端正了，端正得有些不現實，像某些公共標誌上表示人類的一個符號。當他再走近些時，人們也不會把他誤認

為是這個世界的人了，他並沒有走，他一直兩腿併攏筆直地站着，鞋底緊貼着草地飄浮而來。在距他們兩三米處，來人停了下來。

「你們好，我以這個外形出現是為了我們之間能更好地交流，不管各位是否認可我的人類形象，我已經盡力了。」來人用英語説，他的話音一如其面孔，極其標準而無特點。

「你是誰？」有人問。

「我是這個宇宙的排險者。」

這個回答中有兩個含義深刻的字立刻深入了物理學家們的腦海：「這個宇宙」。

「您和加速器的消失有關嗎？」總工程師問。

「它在昨天夜裡被蒸發了，你們計劃中的試驗必須被制止。作為補償，我送給你們這些草，它們能在乾旱的沙漠上以很快的速度成長蔓延。」

「可這些都是為了甚麼呢？」

「這個加速器如果真以最大功率運行，能將粒子加速到 10 的 20 次方吉電子伏特，這接近宇宙大爆炸的能量，可能給我們的宇宙帶來災難。」

「甚麼災難？」

「真空衰變。」

聽到這回答，總工程師扭頭看了看身邊的物理學家們，他們都沉默不語，緊鎖眉頭思考着甚麼。

「還需要進一步解釋嗎？」排險者問。

「不，不需要了。」丁儀輕輕地搖搖頭説。物理學家們本以為排

險者會説出一個人類完全無法理解的概念，但沒想到，他説出的東西人類的物理學界早在上世紀八十年代初就想到了，只是當時大多數人都認為那不過是一個新奇的假設，與現實毫無關係，以至現在幾乎被遺忘了。

真空衰變的概念最初出現在 1980 年《物理評論》雜誌上的一篇論文中，作者是西德尼‧科爾曼和弗蘭克‧德盧西亞。早在這之前狄拉克就指出，我們宇宙中的真空可能是一種偽真空，在那似乎空無一物的空間裡，幽靈般的虛粒子在短得無法想像的瞬間出現又消失，這瞬息間創生與毀滅的活劇在空間的每一點上無休止地上演，使得我們所説的真空實際上是一個沸騰的量子海洋，這就使得真空具有一定的能級。科爾曼和德盧西亞的新思想在於：他們認為某種高能過程可能產生出另一種狀態的真空，這種真空的能級比現有的真空低，甚至可能出現能級為 0 的「真真空」，這種真空的體積開始可能只有一個原子大小，但它一旦形成，周圍相鄰的高能級真空就會向它的能級跌落，變成與它一樣的低能級真空，這就使得低能級真空的體積迅速擴大，形成一個球形，這個低能級真空球的擴張很快就能達到光速，球中的質子和中子將在瞬間衰變，這使得球內的物質世界全部蒸發，一切歸於毀滅⋯⋯

「⋯⋯以光速膨脹的低能級真空球將在 0.03 秒內毀滅地球，五個小時內毀滅太陽系，四年後毀滅最近的恆星，十萬年後毀滅銀河系⋯⋯沒有甚麼能阻止球體的膨脹，隨着時間的推移，整個宇宙都難逃劫難。」排險者説，他的話正好接上了大多數人的思維，難道他能看到人類的思想？！排險者張開雙臂，做出一個囊括一切的姿式，

「如果把我們的宇宙看做一個廣闊的海洋，我們就是海中的魚兒，我們周圍這無邊無際的海水是那麼清澈透明，以至於我們忘記了它的存在，現在我要告訴你們，這不是海水，是液體炸藥，一粒火星就會引發毀滅一切的大災難。做為宇宙排險者，我的職責就是在這些火星燃到危險的溫度前撲滅它。」

丁儀說：「這大概不太容易，我們已知的宇宙有 200 億光年半徑，即使對於你們這樣的超級文明，這也是一個極其廣闊的空間。」

排險者笑了笑，這是他第一次笑，這笑同樣毫無特點：「沒有你想的那麼複雜。你們已經知道，我們目前的宇宙，只是大爆炸焰火的餘燼，恆星和星系，不過是仍然保持着些許溫熱的飄散的煙灰罷了，這是一個低能級的宇宙，你們看到的類星體之類的高能天體只存在於遙遠的過去，在目前的自然宇宙中，最高級別的能量過程，如大質量物體墜入黑洞，其能級也比大爆炸低許多數量級。在目前的宇宙中，發生創世級別的能量過程的唯一機會，只能來自於其中的智慧文明探索宇宙終極奧秘的努力，這種努力會把大量的能量焦聚到一個微觀點上，使這一點達到創世能級。所以，我們只需要監視宇宙中進化到一定程度的文明世界就行了。」

松田誠一問：「那麼，你們是從何時起開始注意到人類呢？普朗克時代嗎？」

排險者搖搖頭。

「那麼是牛頓時代？也不是？！不可能遠到亞里斯多德時代吧？」

「都不是。」排險者說：「宇宙排險系統的運行機制是這樣的：它首先通過散佈在宇宙中的大量感測器監視已有生命出現的世界，當發

現這些世界中出現有能力產生創世能級能量過程的文明時，感測器就發出警報，我這樣的排險者在收到警報後將親臨那些世界監視其中的文明，但除非這些文明真要進行創世能級的試驗，我們是絕不會對其進行任何干預的。」

這時，在排險者的頭部左上方出現了一個黑色的正方形，約兩米見方，正方形充滿了深不見底的漆黑，彷彿現實被挖了一個洞。幾秒鐘後，那黑色的空間中出現了一個藍色的地球影像，排險者指着影像說：「這就是放置在你們世界上方的感測器拍下的地球影像。」

「這個感測器是在甚麼時候放置於地球的？」有人問。

「按你們的地質學紀年，在古生代末期的石炭紀。」

「石炭紀？！」「那就是……3億年前了！」……人們紛紛驚呼。

「這……太早了些吧？」總工程師敬畏地問。

「早嗎？不，是太晚了，當我們第一次到達石炭紀的地球，看到在廣闊的岡瓦納古陸上，皮膚濕滑的兩棲動物在原生松林和沼澤中爬行時，真嚇出了一身冷汗。在這之前的相當長的歲月裡，這個世界都有可能突然進化出技術文明，所以，感測器應該在古生代開始時的寒武紀或奧陶紀就放置在這裡。」

地球的影像向前推來，充滿了整個正方形，鏡頭在各大陸間移動，讓人想到一雙警惕巡視的眼睛。

排險者說：「你們現在看到的影像是在更新世末期拍攝的，距今37萬年，對我們來說，幾乎是在昨天了。」

地球表面的影像停止了移動，那雙眼睛的視野固定在非洲大陸上，這個大陸正處於地球黑夜的一側，看上去是一個由稍亮些的大洋

三面圍繞的大墨塊。顯然大陸上的甚麼東西吸引了這雙眼睛的注意，焦距拉長，非洲大陸向前撲來，很快佔據了整個畫面，彷彿觀察者正在飛速衝向地球表面。陸地黑白相間的色彩漸漸在黑暗中顯示出來，白色的是第四紀冰期的積雪，黑色部分很模糊，是森林還是佈滿亂石的平原，只能由人想像了。鏡頭繼續拉近，一個雪原充滿了畫面，顯示圖像的正方形現在全變成白色了，是那種夜間雪地的灰白色，帶着暗暗的淡藍。在這雪原上有幾個醒目的黑點，很快可以看出那是幾個人影，接着可以看出他們的身型都有些駝背，寒冷的夜風吹起他們長長的披肩亂髮。圖像再次變黑，一個人仰起的面孔充滿了畫面，在微弱的光線裡無法看清這張面孔的細部，只能看出他的眉骨和顴骨很高，嘴唇長而薄。鏡頭繼續拉近這似乎已不可能再近的距離，一雙深陷的眼睛充滿了畫面，黑暗中的瞳仁中有一些銀色的光斑，那是映在其中的變形的星空。

圖像定格，一聲尖利的鳴叫響起，排險者告訴人們，預警系統報警了。

「為甚麼？」總工程師不解地問。

「這個原始人仰望星空的時間超過了預警閥值，已對宇宙表現出了充分的好奇，到此為止，已在不同的地點觀察到了 10 例這樣的超限事件，符合報警條件。」

「如果我沒記錯的話，你前面説過，只有當有能力產生創世能級能量過程的文明出現時，預警系統才會報警。」

「你們看到的不正是這樣一個文明嗎？」

人們面面相覷，一片茫然。

排險者露出那毫無特點的微笑説：「這很難理解嗎？當生命意識到宇宙奧秘的存在時，距它最終解開這個奧秘只有一步之遙了。」看到人們仍不明白，他接着説：「比如地球生命，用了四十多億年時間才第一次意識到宇宙奧秘的存在，但那一時刻距你們建成愛因斯坦赤道只有不到 40 萬年時間，而這一進程最關鍵的加速期只有不到 500 年時間。如果説那個原始人對宇宙的幾分鐘凝視是看到了一顆寶石，其後你們所謂的整個人類文明，不過是彎腰去拾它罷了。」

丁儀若有所悟地點點頭：「要説也是這樣，那個偉大的望星人！」

排險者接着説：「以後我就來到了你們的世界，監視着文明的進程，像是守護着一個玩火的孩子，周圍被火光照亮的宇宙使這孩子着迷，他不顧一切地把火越燃越燒旺，直到現在，宇宙已有被這火燒毀的危險。」

丁儀想了想，終於提出了人類科學史上最關鍵的問題：「這就是説，我們永遠不可能得到大統一模型，永遠不可能探知宇宙的終極奧秘？」

科學家們呆呆地盯着排險者，像一群在最後審判日裡等待宣判的靈魂。

「智慧生命有多種悲哀，這只是其中之一。」排險者淡淡地説。

松田誠一聲音顫抖地問：「作為更高一級的文明，你們是如何承受這種悲哀的呢？」

「我們是這個宇宙中的幸運兒，我們得到了宇宙的大統一模型。」

科學家們心中的希望之火又重新開始燃燒。

丁儀突然想到了另一種恐怖的可能：「難道説，真空衰變已被你

們在宇宙的某處觸發了？」

排險者搖搖頭：「我們是用另一種方式得到的大統一模型，這一時說不清楚，以後我可能會詳細地講給你們聽。」

「我們不能重複這種方式嗎？」

排險者繼續搖頭：「時機已過，這個宇宙中的任何文明都不可能再重複它。」

「那請把宇宙的大統一模型告訴人類！」

排險者還是搖頭。

「求求你，這對我們很重要，不，這就是我們的一切！！」丁儀衝動地去抓排險者的胳膊，但他的手毫無感覺地穿過了排險者的身體。

「知識密封準則不允許這樣做。」

「知識密封準則？！」

「這是宇宙中文明世界的最高準則之一，他不允許高級文明向低級文明傳遞知識（我們把這種行為叫知識的管道傳遞），低級文明只能通過自己的探索來得到知識。」

丁儀大聲說：「這是一個不可理解的準則：如果你們把大統一模型告訴所有渴求宇宙最終奧秘的文明，他們就不會試圖通過創世能級的高能試驗來得到它，宇宙不就安全了嗎？」

「你想的太簡單了：這個大統一模型只是這個宇宙的，當你們得到它後就會知道，還存在着無數其他的宇宙，你們接着又會渴求得到制約所有宇宙的超統一模型。而大統一模型在技術上的應用會使你們擁有產生更高能量過程的手段，你們會試圖用這種能量過程擊穿不同宇宙間的壁壘，不同宇宙間的真空存在着能級差，這就會導致真空衰

變，同時毀滅兩個或更多的宇宙。知識的管道傳遞還會對接收它的低級文明產生其他更直接的不良後果和災難，其原因大部分你們目前還無法理解，所以知識密封準則是絕對不允許違反的。這個準則所說的知識不僅是宇宙的深層秘密，它是指所有你們不具備的知識，包括各個層次的知識：假設人類現在還不知道牛頓三定律或微積分，我也同樣不能傳授給你們。」

科學家們沉默了，在他們眼中，已升得很高的太陽熄滅了，一切都陷入黑暗之中，整個宇宙頓時變成一個巨大的悲劇，這悲劇之大之廣他們一時還無法把握，只能在餘生細水長流地受其折磨，事實上他們知道，餘生已無意義。

松田誠一癱坐在草地上，説了一句後來成為名言的話：「在一個不可知的宇宙裡，我的心臟懶得跳動了。」

他的話道出了所有物理學家的心聲，他們目光呆滯，欲哭無淚。就這樣不知過了多長時間，丁儀突然打破沉默：

「我有一個辦法，既可以使我得到大統一模型，又不違反知識密封準則。」

排險者對他點點頭：「説説看。」

「你把宇宙的終極奧秘告訴我，然後毀滅我。」

「給你三天時間考慮。」排險者説，他的回答不假思索十分迅速，緊接着丁儀的話。

丁儀欣喜若狂：「你是説這可行？！」

排險者點點頭。

真理祭壇

人們是這麼稱呼那個巨大的半球體的，它的直徑 50 米，底面朝上球面向下放置在沙漠中，遠看像一座倒放的山丘。這個半球是排險者用沙子築成的，當時沙漠中出現了一股巨大的龍捲風，風中那高大的沙柱最後凝聚成這個東西。誰也不知道他是用甚麼東西使大量的沙子聚合成這樣一個精確的半球形狀，其強度使它球面朝下放置都不會解體。但半球這樣的放置方式使它很不穩定，在沙漠中的陣風裡它有明顯的搖晃。

據排險者說，在他的那個遙遠世界裡，這樣的半球是一個論壇，在那個文明的上古時代，學者們就聚集在上面討論宇宙的奧秘。由於這樣放置的半球的不穩定性，論壇上的學者們必須小心地使他們的位置均勻地分佈，否則半球就會傾斜，使上面的人都滑下來。排險者一直沒有解釋這個半球形論壇的含義，人們猜測，它可能是暗示宇宙的非平衡態和不穩定。

在半球的一側，還有一條沙子構築的長長的坡道，通過它可以從下面走上祭壇。在排險者的世界裡，這條坡道是不需要的：在純能化之前的上古時代，他的種族是一種長着透明雙翼的生物，可以直接飛到論壇上。這條坡道是專為人類修築的，他們中的三百多人將通過它走上真理祭壇，用生命換取宇宙奧秘。

三天前，當排險者答應了丁儀的要求後，事情的發展令世界恐慌：在短短一天時間內，有幾百人提出了同樣的要求，這些人除了世界核子中心的其他科學家外，還有來自世界各國的學者，開始只有物

171

理學家，後來報名者的專業超出了物理學和宇宙學，出現了數學、生物學等其他基礎學科的科學家，甚至還有經濟學和史學這類非自然科學的學者。這些要求用生命來換取真理的人，都是他們所在學科的刀鋒，是科學界精英中的精英，其中諾貝爾獎獲得者就佔了一半，可以說，在真理祭壇前聚集了人類科學的精英。

真理祭壇前其實已不是沙漠了，排險者在三天前種下的草迅速蔓延，那條草帶已寬了兩倍，它那變得不規則的邊緣已伸到了真理祭壇下面。在這綠色的草地上聚集了上萬人，除了這些即將獻身的科學家和世界各大媒體的記者外，還有科學家們的親人和朋友，兩天兩夜無休止的勸阻和哀求已使他們心力交瘁，精神都處於崩潰的邊緣，但他們還是決定在這最後的時刻做最後的努力。與他們一同做這種努力的還有數量眾多的各國政府的代表，其中包括十多位國家元首，他們也竭力留住自己國家的科學精英。

「你怎麼把孩子帶來了？」丁儀盯着方琳問，在他們身後，毫不知情的文文正在草地上玩耍，她是這群表情陰沉的人中唯一的快樂者。

「我要讓她看着你死。」方琳冷冷地說，她臉色蒼白，雙眼無目標地平視遠方。

「你認為這能阻止我？」

「我不抱希望，但能阻止你女兒將來像你一樣。」

「你可以懲罰我，但孩子……」

「沒人能懲罰你，你也別把即將發生的事偽裝成一種懲罰，你正走在通向自己夢中天堂的路上！」

丁儀直視着愛人的雙眼說：「琳，如果這是你的真實想法，那麼

你終於從最深處認識了我。」

「我誰也不認識，現在我的心中只有仇恨。」

「你當然有權恨我。」

「我恨物理學！」

「可如果沒有它，人類現在還是叢林和岩洞中愚鈍的動物。」

「但我現在並不比它們快樂多少！」

「但我快樂，也希望你能分享我的快樂。」

「那就讓孩子也一起分享吧，當她親眼看到父親的下場，長大後至少會遠離物理學這種毒品！」

「琳，把物理學稱為毒品，你也就從最深處認識了它。看，在這兩天你真正認識了多少東西，如果你早些理解這些，我們就不會有現在的悲劇了。」

那幾位國家元首則在真理祭壇上努力勸說排險者，讓他拒絕那些科學家的要求。

美國總統說：「先生 —— 我可以這麼稱呼您嗎？我們的世界裡最出色的科學家都在這裡了，您真想毀滅地球的科學嗎？」

排險者說：「沒有那麼嚴重，另一批科學精英會很快湧現並補上他們的位置，對宇宙奧秘的探索慾望是所有智慧生命的本性。」

「既然同為智慧生命，您就忍心殺死這些學者嗎？」

「這是他們自己的選擇，生命是他們自己的，他們當然可以用它來換取自己認為崇高的東西。」

「這個用不着您來提醒我們！」俄羅斯總統激動地說，「用生命來換取崇高的東西對人類來說並不佰生，在上個世紀的一場戰爭中，我

的國家就有兩千多萬人這麼做了。但現在的事實是，那些科學家的生命甚麼都換不到！只有他們自己能得知那些知識，這之後，你只給他們 10 分鐘的生存時間！他們對終極真理的慾望已成為一種地地道道的變態，這您是清楚的！」

「我清楚的是，他們是這個星球上僅有的正常人。」

元首們面面相覷，然後都困惑地看着排險者，説他們不明白他的意思。

排險者伸開雙臂擁抱天空：「當宇宙的和諧之美一覽無遺地展現在你面前時，生命只是一個很小的代價。」

「但他們看到這美後只能再活 10 分鐘！」

「就是沒有這 10 分鐘，僅僅經歷看到那終極之美的過程，也是值得的。」

元首們又互相看了看，都搖頭苦笑。

「隨着文明的進化，像他們這樣的人會漸漸多起來的，」排險者指指真理祭壇下的科學家們説：「最後，當生存問題完全解決，當愛情因個體的異化和融和而消失，當藝術因過分的精緻和晦澀而最終死亡，對宇宙終極美的追求便成為文明存在的唯一寄託，他們的這種行為方式也就符合了整個世界的基本價值觀。」

元首們沉默了一會兒，試着理解排險者的話，美國總統突然哈哈大笑起來，「先生，您在耍我們，您在耍弄整個人類！」

排險者露出一臉困惑：「我不明白……」

日本首相説：「人類還沒有笨到你想像的程度，你話中的邏輯錯誤連小孩子都明白！」

排險者顯得更加困惑了：「我看不出這有甚麼邏輯錯誤。」

美國總統冷笑着說：「一萬億年後，我們的宇宙肯定充滿了高度進化的文明，照您的意思，對終極真理的這種變態的慾望將成為整個宇宙的基本價值觀，那時全宇宙的文明將一致同意，用超高能的試驗來探索囊括所有宇宙的超統一模型，不惜在這種試驗中毀滅包括自己在內的一切？您想告訴我們這種事會發生？」

排險者盯着元首們長時間不説話，那怪異的目光使他們不寒而慄，他們中有人似乎悟出了甚麼：

「您是説……」

排險者舉起一隻手制止他説下去，然後向真理祭壇的邊緣走去，在那裡，他用響亮的聲音對所有人説：

「你們一定很想知道我們是如何得到這個宇宙的大統一模型的，現在可以告訴你們了。

「很久很久以前，我們的宇宙比現在小得多，而且很熱，恆星還沒有出現，但已有物質從能量中沉澱出來，形成彌漫在發着紅光的太空中的星雲。這時生命已經出現了，那是一種力場與稀薄的物質共同構成的生物，其個體看上去很像太空中的龍捲風。這種星雲生物的進化速度快得像閃電，很快產生了遍佈全宇宙的高度文明。

「當星雲文明對宇宙終極真理的渴望達到頂峰時，全宇宙的所有世界一致同意，冒着真空衰變的危險進行創世能級的試驗，以探索宇宙的大統一模型。

「星雲生物操縱物質世界的方式與現今宇宙中的生命完全不同，由於沒有足夠多的物質可供使用，他們的個體自己進化為自己想要的

東西。在最後的決定做出後，某些世界中的一些個體飛快地進化，把自己進化為加速器的一部分。最後，上百萬個這樣的星雲生物排列起來，組成了一台能把粒子加速到創世能級的高能加速器。加速器啟動後，暗紅色的星雲中出現了一個發出耀眼藍光的燦爛光環。

「他們深知這個試驗的危險，在試驗進行的同時把得到的結果用引力波發射出去，引力波是唯一能在真空衰變後存留下來的資訊載體。

「加速器運行了一段時間後，真空衰變發生了，低能級的真空球從原子大小以光速膨脹，轉眼間擴大到天文尺度，內部的一切蒸發殆盡。真空球的膨脹速度大於宇宙的膨脹速度，雖然經過了漫長的時間，最後還是毀滅了整個宇宙。

「漫長的歲月過去了，在空無一物的宇宙中，被蒸發的物質緩慢地重新沉澱凝結，星雲又出現了，但宇宙一片死寂，直到恆星和行星出現，生命才在宇宙中重新萌發。而這時，早已毀滅的星雲文明發出的引力波還在宇宙中迴蕩，實體物質的重新出現使它迅速衰減，但就在它完全消失以前，被新宇宙中最早出現的文明接收到，它所帶的資訊被破譯，從這遠古的試驗數據中，新文明得到了大統一模型。他們發現，對建立模型最關鍵的數據，是在真空衰變前萬分之一秒左右產生的。

「讓我們的思緒再回到那個毀滅中的星雲宇宙，由於真空球以光速膨脹，球體之外的所有文明世界都處於光錐視界之外，不可能預知災難的到來，在真空球到達之前，這些世界一定在專心地接收着加速器產生的數據。

「在他們收到足夠建立大統一模型的數據後的萬分之一秒，真空球毀滅了一切。但請注意一點：星雲生物的思維頻率極高，萬分之一秒對他們來說是一段相當長的時間，所以他們有可能在生命的最後時刻推導出了大統一模型。當然，這也可能只是我們的一種自我安慰，更有可能的是他們最後甚麼也沒推導出來，星雲文明掀開了宇宙的面紗，但他們自己沒來得及向宇宙那終極的美瞥一眼就毀滅了。更為可敬的是，開始試驗前他們可能已經想到了這種可能，犧牲自己，把那些包含着宇宙終極秘密的數據傳給遙遠未來的文明。

「現在你們應該明白，對宇宙終極真理的追求，是文明的最終目標和歸宿。」

排險者的講述使真理祭壇上下的所有人陷入長久的沉思中，不管這個世界對他最後那句話是否認同，有一點可以肯定：它將對今後人類思想和文化的進程產生重大影響。

美國總統首先打破沉默說：「您為文明描述了一幅陰暗的前景，難道生命這漫長進程中所有的努力和希望，都是為了那飛蛾撲火的一瞬間？」

「飛蛾並不覺得陰暗，它至少享受了短暫的光明。」

「人類絕不可能接受這樣的人生觀！」

「這完全可以理解。在我們這個真空衰變後重生的宇宙中，文明還處於萌芽階段，各個世界都有自己的生活方式，追求着不同的目標，對大多數世界來說，對終極真理的追求並不具有至高無上的意義，為此而冒着毀滅宇宙的危險，對宇宙中大多數生命是不公平的。即使在我自己的世界中，也並非所有的成員都願意為此犧牲一切。所以，我

們自己沒有繼續進行探索超統一模型的高能試驗，並在整個宇宙中建立了排險系統。但我們相信，隨着文明的進化，總有一天宇宙中的所有世界都會認同文明的終極目標。其實就是現在，就是在你們這樣一個嬰兒文明中，已經有人認同了這個目標。好了，時間快到了，如果各位不想用生命換取真理，就請你們下去，讓那些想這麼做的人上來。」

元首們走下真理祭壇，來到那些科學家面前，進行最後的努力。

法國總統說：「能不能這樣：把這事稍往後放一放，讓我陪大家去體驗另一種生活，讓我們放鬆自己，在黃昏的鳥鳴中看着夜幕降臨大地，在銀色的月光下聽着懷舊的音樂，喝着美酒想着你心愛的人……這時你們就會發現，終極真理並不像你們想的那麼重要，與你們追求的虛無飄渺的宇宙和諧之美相比，這樣的美更讓人陶醉。」

一位物理學家冷冷地說：「所有的生活都是合理的，我們沒必要互相理解。」

法國元首還想說甚麼，美國總統已失去了耐心：「好了，不要對牛彈琴了！您還看不出來這是怎樣一群毫無責任心的人？還看不出這是怎樣一群騙子？他們聲稱為全人類的利益而研究，其實只是拿社會的財富滿足自己的慾望，滿足他們對那種玄虛的宇宙和諧美的變態慾望，這和拿公款嫖娼有甚麼區別？！」

丁儀擠上前來拍拍他的肩膀笑着說：「總統先生，科學發展到今天，終於有人對它的本質進行了比較準確的定義。」

旁邊的松田誠一說：「我們早就承認這點，並反覆聲明，但一直沒人相信我們。」

交換

生命和真理的交換開始了。

第一批 8 位數學家沿着長長的坡道向真理祭壇上走去。這時，沙漠上沒有一絲風，彷彿大自然摒住了呼吸，寂靜籠罩着一切，剛剛升起的太陽把他們的影子長長地投在沙漠上，那幾條長影是這個凝固的世界中唯一能動的東西。

數學家們的身影消失在真理祭壇上，下面的人們看不到他們了。所有的人都凝神聽着，他們首先聽到祭壇上傳來的排險者的聲音，在死一般的寂靜中這聲音很清晰：「請提出問題。」

接着是一位數學家的聲音：「我們想看到費爾瑪和哥德巴赫兩個猜想的最後證明。」

「好的，但證明很長，時間只夠你們看關鍵的部分，其餘用文字説明。」

排險者是如何向科學家們傳授知識的，以後對人類一直是個謎。在遠處的監視飛機上拍下的圖像中，科學家們都在仰起頭看着天空，而他們看的方向上空無一物，一個普遍被接受的説法是：外星人用某種思維波把資訊直接輸入到他們的大腦中。

但實際情況比那要簡單得多：排險者把資訊投射在天空上，在真理祭壇上的人看來，整個地球的天空變成了一個顯示幕，而在祭壇之外的角度甚麼都看不到。

一個小時過去了，真理祭壇上有個聲音打破了寂靜，有人説：「我們看完了。」

接着是排險者平靜的回答：「你們還有 10 分鐘的時間。」

真理祭壇上隱隱傳來了多個人的交談聲，只能聽清隻言片語，但能清楚地感受到那些人的興奮和喜悅，像是一群在黑暗的隧道中跋涉了一年的人突然看到了洞口的光亮。

「……這完全是全新的……」「……怎麼可能……」「……我以前在直覺上……」「……天啊，真是……」

當 10 分鐘就要結束時，真理祭壇上響起了一個清晰的聲音：「請接受我們 8 個人真誠的謝意。」

真理祭壇上閃起一片強光，強光消失後，下面的人們看到 8 個等離子體火球從祭壇上升起，輕盈地向高處飄升，它們的光度漸漸減弱，由明亮的黃色變成柔和的橘紅色，最後一個接一個地消失在藍色的天空中，整個過程悄無聲息。從監視飛機上看，真理祭壇上只剩下排險者站在圓心。

「下一批！」他高聲說。

在上萬人的凝視下，又有 11 個人走上了真理祭壇。

「請提出問題。」

「我們是古生物學家，想知道地球上恐龍滅絕的真正原因。」

古生物學家們開始仰望長空，但所用的時間比剛才數學家們短得多，很快有人對排險者說：「我們知道了，謝謝！」

「你們還有 10 分鐘。」

「……好了，七巧板對上了……」「……做夢也不會想到那方面去……」「……難道還有比這更……」

然後強光出現又消失，11 個火球從真理祭壇上飄起，很快消失在

沙漠上空。

……

一批又一批的科學家走上真理祭壇，完成了生命和真理的交換，在強光中化為美麗的火球飄逝而去。

一切都在莊嚴與寧靜中進行，真理祭壇下面，預料中生離死別的景象並沒有出現，全世界的人們靜靜地看着這壯麗的景象，心靈被深深地震懾了，人類在經歷着一場有史以來最大的靈魂洗禮。

一個白天的時間不知不覺過去了，太陽已在西方地平線處落下了一半，夕陽給真理祭壇撒上了一層金輝。物理學家們開始走向祭壇，他們是人數最多的一批，有 86 人。就在這一群人剛剛走上坡道時，從日出時一直持續到現在的寂靜被一個童聲打破了。

「爸爸！」文文哭喊着從草坪上的人群中衝出來，一直跑到坡道前，衝進那群物理學家中，抱住了丁儀的腿，「爸爸，我不讓你變成火球飛走！」

丁儀輕輕抱起了女兒，問她：「文文，告訴爸爸，你能記起來的最讓自己難受的事是甚麼？」

文文抽泣着想了幾秒鐘，說：「我一直在沙漠裡長大，最……最想去動物園，上次爸爸去南方開會，帶我去了那邊的一個大大的動物園，可剛進去，你的電話就響了，說工作上有急事，那是個天然動物園，小孩兒一定要大人帶着才能進去，我也只好跟你回去了，後來你再也沒時間帶我去。爸爸，這是最讓我難受的事兒，在回來的飛機上我一直哭。」

丁儀說：「但是，好孩子，那個動物園你以後肯定有機會去，媽

媽以後會帶文文去的。爸爸現在也在一個大動物園的門口，那裡面也有爸爸做夢都想看到的神奇的東西，而爸爸如果這次不去，以後真的再也沒機會了。」

文文用淚汪汪的大眼睛呆呆地看了爸爸一會兒，點點頭說：「那……那爸爸就去吧。」

方琳走過來，從丁儀懷中抱走了女兒，眼睛看着前面矗立的真理祭壇說：「文文，你爸爸是世界上最壞的爸爸，但他真的很想去那個動物園。」

丁儀兩眼看着地面，用近乎祈求的聲調說：「是的文文，爸爸真的很想去。」

方琳用冷冷的目光看着丁儀說：「冷血的基本粒子，去完成你最後的碰撞吧，記住，我絕不會讓你女兒成為物理學家的！」

這群人正要轉身走去，另一個女性的聲音使他們又停了下來。

「松田君，你要再向上走，我就死在你面前！」

說話的是一位嬌小美麗的日本姑娘，她此時站在坡道起點的草地上，把一支銀色的小手槍頂在自己的太陽穴上。

松田誠一從那群物理學家中走了出來，走到姑娘的面前，直視着她的雙眼說：「泉子，還記得北海道那個寒冷的早晨嗎？你說要出道題考驗我是否真的愛你，你問我，如果你的臉在火災中被燒得不成樣子，我該怎麼辦？我說我將忠貞不渝地陪伴你一生。你聽到這回答後很失望，說我並不是真的愛你，如果我真的愛你，就會弄瞎自己的雙眼，讓一個美麗的泉子永遠留在心中。」

泉子拿槍的手沒有動，但美麗的雙眼盈滿了淚水。

松田誠一接着説：「所以，親愛的，你深知美對一個人生命的重要，現在，宇宙終極之美就在我面前，我能不看她一眼嗎？」

「你再向上走一步我就開槍！」

松田誠一對她微笑了一下，輕聲説：「泉子，天上見。」然後轉身和其他物理學家一起沿坡道走向真理祭壇，身後脆弱的槍聲、腦漿濺落在草地上的聲音和柔軟的軀體倒地的聲音，都沒使他們回頭。

物理學家們走上了真理祭壇那圓形的頂面，在圓心，排險者微笑着向他們致意。突然間，映着晚霞的天空消失了，地平線處的夕陽消失了，沙漠和草地都消失了，真理祭壇懸浮於無際的黑色太空中，這是創世前的黑夜，沒有一顆星星。排險者揮手指向一個方向，物理學家們看到在遙遠的黑色深淵中有一顆金色的星星，它開始小得難以看清，後來由一個亮點漸漸增大，開始具有面積和形狀，他們看出那是一個向這裡漂來的旋渦星系。星系很快增大，顯出它磅礴的氣勢。距離更近一些後，他們發現星系中的恆星都是數位和符號，它們組成的方程式構成了這金色星海中的一排排波浪。

宇宙大統一模型緩慢而莊嚴地從物理學家們的上空移過。

……

當 86 個火球從真理祭壇上升起時，方琳眼前一黑倒在草地上，她隱約聽到文文的聲音：

「媽媽，那些哪個是爸爸？」

最後一個上真理祭壇的人是史提芬·霍金，他的電動輪椅沿着長長的坡道慢慢向上移動，像一隻在樹枝上爬行的昆蟲。他那彷彿已抽去骨骼的綿軟的身軀癱陷在輪椅中，像一根在高溫中變軟且即將熔化的蠟燭。

輪椅終於開上了祭壇，在空曠的圓面上開到了排險者面前。這時，太陽落下了一段時間，暗藍色的天空中有零星的星星出現，祭壇周圍的沙漠和草地模糊了。

　　「博士，您的問題？」排險者問，對霍金，他似乎並沒有表示出比對其他人更多的尊重，他面帶着毫無特點的微笑，聽着博士輪椅上的擴音器中發出的呆板的電子聲音：

　　「宇宙的目的是甚麼？」

　　天空中沒有答案出現，排險者臉上的微笑消失了，他的雙眼中掠過了一絲不易覺察的恐慌。

　　「先生？」霍金問。

　　仍是沉默，天空仍是一片空曠，在地球的幾縷薄雲後面，宇宙的群星正在湧現。

　　「先生？」霍金又問。

　　「博士，出口在您後面。」排險者說。

　　「這是答案嗎？」

　　排險者搖搖頭：「我是說您可以回去了。」

　　「你不知道？」

　　排險者點點頭說：「我不知道。」這時，他的面容第一次不僅是一個人類符號，一陣悲哀的黑雲湧上這張臉，這悲哀表現得那樣生動和富有個性，這時誰也不懷疑他是一個人，而且是一個最平常因而最不平常的普通人。

　　「我怎麼知道。」排險者喃喃地說。

尾聲

15 年之後的一個夜晚，在已變成草原的昔日的塔克拉瑪干沙漠上，有一對母女正在交談。母親四十多歲，但白髮已過早的出現在她的雙鬢，從那飽經風霜的雙眼中透出的，除了憂傷就是疲倦。女兒是一位苗條的少女，大而清澈的雙眸中映着晶瑩的星光。

母親在柔軟的草地上坐下來，兩眼失神地看着模糊的地平線說：「文文，你當初報考你爸爸母校的物理系，現在又要攻讀量子引力專業的博士學位，媽都沒攔你。你可以成為一名理論物理家，甚至可以把這門學科當做自己唯一的精神寄託，但，文文，媽求你了，千萬不要越過那條線啊！」

文文仰望着燦爛的銀河，說：「媽媽，你能想像，這一切都來自於 200 億年前一個沒有大小的奇點嗎？宇宙早就越過那條線了。」

方琳站起來，抓着女兒的肩膀說：「孩子，求你別這樣！」

文文雙眼仍凝視着星空，一動不動。

「文文，你在聽媽媽說話嗎？你怎麼了？！」方琳搖晃着女兒，文文的目光仍被星海吸住收不回來，她盯着群星問：「媽媽，宇宙的目的是甚麼？」

「啊……不……」方琳徹底崩潰了，又跌坐在草地上，雙手捂着臉抽泣着，「孩子，別，別這樣！」

文文終於收回了目光，蹲下來扶着媽媽的雙肩，輕聲問道：「那麼，媽媽，人生的目的是甚麼？」

這個問題像一塊冰，使方琳灼燒的心立刻冷了下來，她扭頭看了

女兒一眼，然後看着遠方深思着，15 年前，就在她看着的那個方向，曾矗立過真理祭壇，再遠些，愛因斯坦赤道曾穿過沙漠。

微風吹來，草海上湧起道道波紋，彷彿是星空下無際的騷動的人海，向整個宇宙無聲地歌唱着。

「不知道，我怎麼知道呢？」方琳喃喃地說。

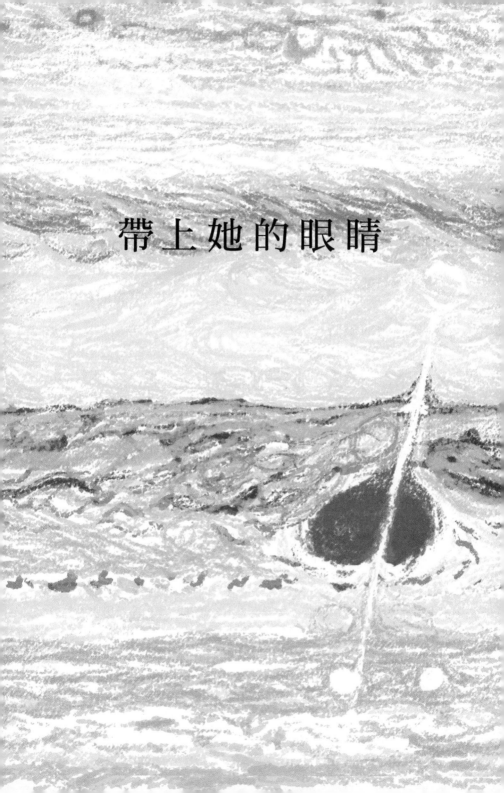

帶上她的眼睛

帶上她的眼睛

連續工作了兩個多月，我實在累了，便請求主任給我兩天假，出去短暫旅遊一下散散心。主任答應了，條件是我再帶一雙眼睛去，我也答應了，於是他帶我去拿眼睛。眼睛放在控制中心走廊盡頭的一個小房間裡，現在還剩下十幾雙。

主任遞給我一雙眼睛，指指前面的大屏幕，把眼睛的主人介紹給我，是一個好像剛畢業的小姑娘，呆呆地看着我。在肥大的太空服中，她更顯得嬌小，一副可憐兮兮的樣子，顯然剛剛體會到太空不是她在大學圖書館中想像的浪漫天堂，某些方面可能比地獄還稍差些。

「麻煩您了，真不好意思。」她連連向我鞠躬，這是我聽到過的最輕柔的聲音，我想像着這聲音從外太空飄來，像一陣微風吹過軌道上那些龐大粗陋的鋼結構，使它們立刻變得像橡皮泥一樣軟。

「一點都不，我很高興有個伴兒的。你想去那兒？」我豪爽地說。

「甚麼？您自己還沒決定去哪兒？」她看上去很高興。但我立刻感到兩個異樣的地方，其一，地面與外太空通訊都有延時，即使在月球，延時也有兩秒鐘，小行星帶延時更長，但她的回答幾乎感覺不到延時，這就是說，她現在在近地軌道，那裡回地面不用中轉，費用和時間都不需多少，沒必要託別人帶眼睛去渡假。其二是她身上的太空服，做為航天個人裝備工程師，我覺得這種太空服很奇怪：在服裝上看不到防輻射系統，放在她旁邊的頭盔的面罩上也沒有強光防護系統；我還注意到，這套服裝的隔熱和冷卻系統異常發達。

「她在哪個空間站？」我扭頭問主任。

「先別問這個吧。」主任的臉色很陰沉。

「別問好嗎？」屏幕上的她也說，還是那副讓人心軟的小可憐樣兒。

「你不會是被關禁閉吧？」我開玩笑說，因為她所在的艙室十分窄小，顯然是一個航行體的駕駛艙，各種複雜的導航系統此起彼伏地閃爍着，但沒有窗子，也沒有觀察屏幕，只有一支在她頭頂打轉的失重的鉛筆說明她是在太空中。聽了我的話，她和主任似乎都愣了一下，我趕緊說：「好，我不問自己不該知道的事了，你還是決定我們去哪兒吧。」

這個決定對她很艱難，她的雙手在太空服的手套裡握在胸前，雙眼半閉着，似乎是在決定生存還是死亡，或者認為地球在我們這次短暫的旅行後就要爆炸了。我不由笑出聲來。

「哦，這對我來說不容易，您要是看過海倫·凱勒的《假如給我三

天光明》的話，就能明白這多難了！」

「我們沒有三天，只有兩天。在時間上，這個時代的人都是窮光蛋。但比那個二十世紀盲人的幸運的是，我和你的眼睛在三小時內可到達地球的任何一個地方。」

「那就去我們起航前去過的地方吧！」她告訴了我那個地方，於是我帶着她的眼睛去了。

草原

這是高山與平原，草原與森林的交接處，距我工作的航天中心有兩千多公里，乘電離層飛機用了 15 分鐘就到了這兒。面前的塔克拉瑪干，經過幾代人的努力，已由沙漠變成了草原，又經過幾代強有力的人口控制，這兒再次變成了人跡罕至的地方。現在大草原從我面前一直延伸到天邊，背後的天山覆蓋着暗綠色的森林，幾座山頂還有銀色的雪冠。

我掏出她的眼睛戴上。

所謂眼睛就是一副傳感眼鏡，當你戴上它時，你所看到的一切圖像由超高頻信息波發射出去，可以被遠方的另一個戴同樣傳感眼鏡的人接收到，於是他就能看到你所看到的一切，就像你帶着他的眼睛一樣。

現在，長年在月球和小行星帶工作的人已有上百萬，他們回地球渡假的費用是驚人的，於是吝嗇的航天局就設計了這玩藝兒，於是每個生活在外太空的太空人在地球上都有了另一雙眼睛，由這裡真正能

去渡假的幸運兒帶上這雙眼睛，讓身處外太空的那個思鄉者分享他的快樂。這個小玩藝開始被當做笑柄，但後來由於用它「渡假」的人能得到可觀的補助，竟流行開來。最尖端的技術被採用，這人造眼睛越做越精緻，現在，它竟能通過採集戴着它的人的腦電波，把他（她）的觸覺和味覺一同發射出去。多帶一雙眼睛去渡假成了航天系統地面工作人員從事的一項公益活動，由於渡假中的隱私等原因，並不是每個人都樂意再帶雙眼睛，但我這次無所謂。

我對眼前的景色大發感歎，但從她的眼睛中，我聽到了一陣輕輕的抽泣聲。

「上次離開後，我常夢到這裡，現在回到夢裡來了！」她細細的聲音從她的眼睛中傳出來，「我現在就像從很深很深的水底衝出來呼吸到空氣，我太怕封閉了。」

我從中真的聽到她在做深呼吸。

我說：「可你現在並不封閉，同你周圍的太空比起來，這草原太小了。」

她沉默了，似乎連呼吸都停止了。

「啊，當然，太空中的人還是封閉的，二十世紀的一個叫耶格爾的飛行員曾有一句話，是描述飛船中的太空人的，說他們像……」

「罐頭中的肉。」

我們都笑了起來。她突然驚叫：「呀，花兒，有花啊！上次我來時沒有的！」是的，廣闊的草原上到處點綴着星星點點的小花。「能近些看看那朵花嗎？」我蹲下來看，「呀，真美耶！能聞聞她嗎？不，別拔下她！」，我只好半趴到地上聞，一縷淡淡的清香，「啊，我也聞

到了，真像一首隱隱傳來的小夜曲呢！」

我笑着搖搖頭，這是一個閃電變幻瘋狂追逐的時代，女孩子們都浮躁到了極點，像這樣的見花落淚的林妹妹真是太少了。

「我們給這朵小花起個名字好嗎？嗯……叫她夢夢吧。我們再看看那一朵好嗎？他該叫甚麼呢？嗯，叫小雨吧；再到那一朵那兒去，啊，謝謝，看她的淡藍色，她的名字應該是月光……」

我們就這樣一朵朵地看花，聞花，然後再給它起名字。她陶醉於其中，沒完沒了地進行下去，忘記了一切。我對這套小女孩的遊戲實在厭煩了，到我堅持停止時，我們已給上百朵花起了名字。

一抬頭，我發現已走出了好遠，便回去拿丟在後面的背包，當我拾起草地上的背包時，又聽到了她的驚叫：「天啊，你把小雪踩住了！」我扶起那朵白色的野花，覺得很可笑，就用兩隻手各捂住一朵小花，問她：「她們都叫甚麼？甚麼樣兒？」

「左邊那朵叫水晶，也是白色的，它的莖上有分開的三片葉兒；右邊那朵叫火苗，粉紅色，莖上有四片葉子，上面兩片是單的，下面兩片連在一起。」

她説的都對，我有些感動了。

「你看，我和她們都互相認識了，以後漫長的日子裡，我會好多次一遍遍地想她們每一個的樣兒，像背一本美麗的童話書。你那兒的世界真好！」

「我這兒的世界？要是你再這麼孩子氣地多愁善感下去，這也是你的世界了，那些挑剔的太空心理醫生會讓你永遠呆在地球上。」

我在草原上無目標地漫步，很快來到一條隱沒在草叢中的小溪

旁。我邁過去繼續向前走，她叫住了我，說：「我真想把手伸到小河裡。」我蹲下來把手伸進溪水，一股清涼流遍全身，她的眼睛用超高頻信息波把這感覺傳給遠在太空中的她，我又聽到了她的感歎。

「你那兒很熱吧？」我想起了她那窄小的控制艙和隔熱系統異常發達的太空服。

「熱，熱得像……地獄。呀，天啊，這是甚麼？草原的風？！」這時我剛把手從水中拿出來，微風吹在濕手上涼絲絲的，「不，別動，這真是天國的風呀！」

我把雙手舉在草原的微風中，直到手被吹乾。然後應她的要求，我又把手在溪水中打濕，再舉到風中把天國的感覺傳給她。我們就這樣又消磨了很長時間。

再次上路後，沉默地走了一段，她又輕輕地說：「你那兒的世界真好。」

我說：「我不知道，灰色的生活把我這方面的感覺都磨鈍了。」

「怎麼會呢？！這世界能給人多少感覺啊！誰要能說清這些感覺，就如同說清大雷雨有多少雨點一樣。看天邊那大團的白雲，銀白銀白的，我這時覺得它們好像是固態的，像發光玉石構成的高山。下面的草原，這時倒像是氣態的，好像所有的綠草都飛離了大地，成了一片綠色的雲海。看！當那片雲遮住太陽又飄開時，草原上光和影的變幻是多麼氣勢磅礴啊！看看這些，您真的感受不到甚麼嗎？」

……

我帶着她的眼睛在草原上轉了一天，她渴望地看草原上的每一朵野花，每一棵小草，看草叢中躍動的每一縷陽光，渴望地聽草原上的

每一種聲音。一條突然出現的小溪，小溪中的一條小魚，都會令她激動不已；一陣不期而至的微風，風中一縷綠草的清香都會讓她落淚……我感到，她對這個世界的情感已豐富到病態的程度。

日落前，我走到了草原中一間孤伶伶的白色小屋，那是為旅遊者準備的一間小旅店，似乎好久沒人光顧了，只有一個遲鈍的老式機器人照看着旅店裡的一切。我又累又餓，可晚飯只吃到一半，她又提議我們立刻去看日落。

「看着晚霞漸漸消失，夜幕慢慢降臨森林，就像在聽一首宇宙間最美的交響曲。」她陶醉地説。我暗暗叫苦，但還是拖着沉重的雙腿去了。

草原的落日確實很美，但她對這種美傾瀉的情感使這一切有了一種異樣的色彩。

「你很珍視這些平凡的東西。」回去的路上我對她説，這時夜色已很重，星星已在夜空中出現。

「你為甚麼不呢，這才像在生活。」她説。

「我，還有其他的大部分人，不可能做到這樣。在這個時代，得到太容易了。物質的東西自不必説，藍天綠水的優美環境、鄉村和孤島的寧靜等等都可以毫不費力地得到；甚至以前人們認為最難尋覓的愛情，在虛擬現實網上至少也可以暫時體會到。所以人們不再珍視甚麼了，面對着一大堆伸手可得的水果，他們把拿起的每一個咬一口就扔掉。」

「但也有人面前沒有這些水果。」她低聲説。

我感覺自己刺痛了她，但不知為甚麼。回去的路上，我們都沒再

説話。

這天夜裡的夢境中，我看到了她，穿着太空服在那間小控制艙中，眼裡含淚，向我伸出手來喊：「快帶我出去，我怕封閉！」我驚醒了，發現她真在喊我，我是戴着她的眼睛仰躺着睡的。

「請帶我出去好嗎？我們去看月亮，月亮該升起來了！」

我腦袋發沉，迷迷糊糊很不情願地起了床。到外面後發現月亮真的剛升起來，草原上的夜霧使它有些發紅。月光下的草原也在沉睡，有無數點螢火蟲的幽光在朦朦朧朧的草海上浮動，彷彿是草原的夢在顯形。

我伸了個懶腰，對着夜空説：「喂，你是不是從軌道上看到月光照到這裡？告訴我你的飛船的大概方位，説不定我還能看到呢，我肯定它是在近地軌道上。」

她沒有回答我的話，而是自己輕輕哼起了一首曲子，一小段旋律過後，她説：「這是德布西的《月光》。」又接着哼下去，陶醉於其中，完全忘記了我的存在。《月光》的旋律同月光一起從太空降落到草原上。我想像着太空中的那個嬌弱的女孩，她的上方是銀色的月球，下面是藍色的地球，小小的她從中間飛過，把音樂融入月光……

直到一個小時後我回去躺到床上，她還在哼着音樂，是不是德布西的我就不知道了，那輕柔的樂聲一直在我的夢中飄蕩着。

不知過了多久，音樂變成了呼喚，她又叫醒了我，還要出去。

「你不是看過月亮了嗎？！」我生氣地説。

「可現在不一樣了，記得嗎，剛才西邊有雲的，現在那些雲可能飄過來了，現在月亮正在雲中時隱時現呢，想想草原上的光和影，多

美啊，那是另一種音樂了，求你帶我的眼睛出去吧！」

我十分惱火，但還是出去了。雲真的飄過來了，月亮在雲中穿行，草原上大塊的光斑在緩緩浮動，如同大地深處浮現的遠古的記憶。

「你像是來自十八世紀的多愁善感的詩人，完全不適合這個時代，更不適合當太空人。」我對着夜空說，然後摘下她的眼睛，掛到旁邊一棵紅柳的枝上，「你自己看月亮吧，我真的得睡覺去了，明天還要趕回航天中心，繼續我那毫無詩意的生活呢。」

她的眼睛中傳出了她細細的聲音，我聽不清說甚麼，逕自回去了。

我醒來時天已大亮，陰雲已佈滿了天空，草原籠罩在濛濛的小雨中。她的眼睛仍掛在紅柳枝上，鏡片上蒙上了一層水霧。我小心地擦乾鏡片，戴上它。原以為她看了一夜月亮，現在還在睡覺，卻從眼睛中聽到了她低低的抽泣聲，我的心一下子軟下來。

「真對不起，我昨天晚上實在太累了。」

「不，不是因為你，嗚嗚，天從三點半就陰了，五點多又下起雨……」

「你一夜都沒睡？」

「……嗚嗚，下起雨，我，我看不到日出了，我好想看草原的日出，嗚嗚，好想看的，嗚……」

我的心像是被甚麼東西融化了，腦海中出現她眼淚汪汪、小鼻子一抽一抽的樣兒，眼睛竟有些濕潤。不得不承認，在過去的一天一夜裡，她教會了我某種東西，一種說不清的東西，像月夜中草原上的光

影一樣朦朧，由於它，以後我眼中的世界與以前會有些不同的。

「草原上總還會有日出的，以後我一定會再帶你的眼睛來，或者，帶你本人來看，好嗎？」

她不哭了，突然，她低聲說：「聽……」

我沒聽見甚麼，但緊張起來。

「這是今天的第一聲鳥叫，雨中也有鳥呢！」她激動地說，那口氣如同聽到世紀鐘聲一樣莊嚴。

落日六號

又回到了灰色的生活和忙碌的工作中，以上的經歷很快就淡忘了。很長時間後，當我想起洗那些那次旅行時穿的衣服時，在褲腳上發現了兩三棵草籽。同時，在我的意識深處，也有一棵小小的種子留了下來。在我孤獨寂寞的精神沙漠中，那棵種子已長出了令人難以察覺的綠芽。雖然是無意識地，當一天的勞累結束後，我已能感覺到晚風吹到臉上時那淡淡的詩意，鳥兒的鳴叫已能引起我的注意，我甚至黃昏時站在天橋上，看着夜幕降臨城市……世界在我的眼中仍是灰色的，但星星點點的嫩綠在其中出現，並在增多。當這種變化發展到讓我覺察出來時，我又想起了她。

也是無意識地，在閒暇時甚至睡夢中，她身處的環境常在我的腦海中出現，那封閉窄小的控制艙，奇怪的隔熱太空服……後來這些東西在我的意識中都隱去了，只有一樣東西凸現出來，這就是那在她頭頂上打轉的失重的鉛筆，不知為甚麼，一閉上眼睛，這支鉛筆總在我的

眼前飄浮。終於有一天，上班時我走進航天中心高大的門廳，一幅見過無數次的巨大壁畫把我吸引住了，壁畫上是從太空中拍攝的蔚藍色的地球。那支飄浮的鉛筆又在我的眼前出現了，同壁畫疊印在一起，我又聽到了她的聲音：「我怕封閉……」一道閃電在我的腦海裡出現。

除了太空，還有一個地方會失重！

我發瘋似地跑上樓，猛砸主任辦公室的門，他不在，我心有靈犀地知道他在哪兒，就飛跑到存放眼睛的那個小房間，他果然在裡面，看着大屏幕。她在大屏幕上，還在那個封閉的控制艙中，穿着那件「太空服」，畫面凝固着，是以前錄下來的。「是為了她來的吧。」主任說，眼睛還看着屏幕。

「她到底在哪兒？」我大聲問。

「你可能已經猜到了，她是『落日六號』的領航員。」

一切都明白了，我無力地跌坐在地毯上。

「落日工程」原計劃發射十艘飛船，它們是「落日一號」到「落日十號」，但計劃由於「落日六號」的失事而中斷了。「落日工程」是一次標準的探險航行，它的航行程序同航天中心的其他航行幾乎一樣。

唯一不同的是，「落日」飛船不是飛向太空，而是潛入地球深處。

第一次太空飛行一個半世紀後，人類開始了向相反方向的探險，「落日」系列地航飛船就是這種探險的首次嘗試。

四年前，我在電視中看到過「落日一號」發射時的情景。那時正是深夜，吐魯番盆地的中央出現了一個如太陽般耀眼的火球，火球的光芒使新疆夜空中的雲層變成了絢麗的朝霞。當火球暗下來時，「落日一號」已潛入地層。大地被燒紅了一大片，這片圓形的發着紅光的

區域中央，是一個岩漿的湖泊，白熱化的岩漿沸騰着，激起一根根雪亮的浪柱……那一夜，遠至烏魯木奇，都能感到飛船穿過地層時傳到大地上的微微振動。

「落日工程」的前五艘飛船都成功地完成了地層航行，安全返回地面。其中「落日五號」創造了迄今為止人類在地層中航行深度的紀錄：海平面下 3100 公里。「落日六號」不打算突破這個紀錄。因為據地球物理學家的結論，在地層 3400-3500 公里深處，存在着地幔和地核的交界面，學術上把它叫做「古騰堡不連續面」，一旦通過這個交界面，便進入地球的液態鐵鎳核心，那裡物質密度驟然增大，「落日六號」的設計強度是不允許在如此大的密度中航行的。

「落日六號」的航行開始很順利，飛船只用了兩個小時便穿過了地殼和地幔的交界面 —— 莫霍不連續面，並在大陸板塊漂移的滑動面上停留了五個小時，然後開始了在地幔中三千多公里的漫長航行。宇宙航行是寂寞的，但太空員們能看到無限的太空和壯麗的星群；而地航飛船上的地航員們，只能憑感覺觸摸飛船周圍不斷向上移去的高密度物質。從飛船上的全息後視電視中能看到這樣的情景：熾熱的岩漿刺目地閃亮着，翻滾着，隨着飛船的下潛，在船尾飛快地合攏起來，瞬間充滿了飛船通過的空間。有一名地航員回憶：他們一閉上眼睛，就看到了飛快合攏並壓下來的岩漿，這個幻象使航行者意識到壓在他們上方那巨量的並不斷增厚的物質，一種地面上的人難以理解的壓抑感折磨着地航飛船中的每一個人，他們都受到這種封閉恐懼症的襲擊。

「落日六號」出色地完成着航行中的各項研究工作。飛船的速度大約是每小時 15 公里，飛船需要航行 20 小時才能到達預定深度。但

在飛船航行 15 小時 40 分鐘時，警報出現了。從地層雷達的探測中得知，航行區的物質密度由每立方厘米 6.3 克猛增到 9.5 克，物質成份由矽酸鹽類突然變為以鐵鎳為主的金屬，物質狀態也由固態變為液態。儘管「落日六號」當時只到達了 2500 公里的深度，目前所有的跡象卻冷酷地表明，他們闖入了地核！後來得知，這是地幔中一條通向地核的裂隙，地核中的高壓液態鐵鎳充滿了這條裂隙，使得在「落日六號」的航線上，古騰堡不連續面向上延伸了近 1000 公里！飛船立刻緊急轉向，企圖衝出這條裂隙，不幸就在這時發生了：由中子材料製造的船體頂住了突然增加到每平方厘米 1600 噸的巨大壓力，但是，飛船分為前部燒熔發動機、中部主艙和後部推進發動機三大部分，當飛船在遠大於設計密度和設計壓力的液態鐵鎳中轉向時，燒熔發動機與主艙結合部斷裂，從「落日六號」用中微子通訊發回的畫面中我們看到，已與船體分離的燒熔發動機在一瞬間被發着暗紅光的液態鐵鎳吞沒了。地層飛船的燒熔發動機用超高溫射流為飛船切開航行方向的物質，沒有它，只剩下一台推進發動機的「落日六號」在地層中是寸步難行的。地核的密度很驚人，但構成飛船的中子材料密度更大，液態鐵鎳對飛船產生的浮力小於它的自重，於是，「落日六號」便向地心沉下去。

人類登月後，用了一個半世紀才有能力航行到土星。在地層探險方面，人類也要用同樣的時間才有能力從地幔航行到地核。現在的地航飛船誤入地核，就如同二十世紀中期的登月飛船偏離月球迷失於外太空，獲救的希望是絲毫不存在的。

好在「落日六號」主艙的船體是可靠的，船上的中微子通訊系統

仍和地面控制中心保持着完好的聯繫。以後的一年中，「落日六號」航行組堅持工作，把從地核中得到了大量寶貴數據發送到地面。他們被裹在幾千公里厚的物質中，這裡別説空氣和生命，連空間都沒有，周圍是溫度高達 5000 度，壓力可以把碳在一秒鐘內變成金鋼石的液態鐵鎳！它們密密地擠在「落日六號」的周圍，密得只有中微子才能穿過，「落日六號」是處於一個巨大的煉鋼爐中！在這樣的世界裡，《神曲》中的〈地獄篇〉像是在描寫天堂了；在這樣的世界裡，生命算甚麼？僅僅能用脆弱來描寫它嗎？

沉重的心理壓力像毒蛇一樣撕裂着「落日六號」地航員們的神經。一天，船上的地質工程師從睡夢中突然躍起，竟打開了他所在的密封艙的絕熱門！雖然這只是四道絕熱門中的第一道，但瞬間湧入的熱浪立刻把他燒成了一段木炭。指令長在一個密封艙飛快地關上了絕熱門，避免了「落日六號」的徹底毀滅。他自己被嚴重燒傷，在寫完最後一頁航行日誌後死去了。

從那以後，在這個星球的最深處，在「落日六號」上，只剩下她一個人了。

現在，「落日六號」內部已完全處於失重狀態，飛船已下沉到 6800 公里深處，那裡是地球的最深處，她是第一個到達地心的人。

她在地心的世界是那個活動範圍不到 10 平方米的悶熱的控制艙。飛船上有一個中微子傳感眼鏡，這個裝置使她同地面世界多少保持着一些感性的聯繫。但這種如同生命線的聯繫不能長時間延續下去，飛船裡中微子通訊設備的能量很快就要耗盡，現有的能量已不能維持傳感眼鏡的超高速數據傳輸，這種聯繫在三個月前就中斷了，具

體時間是在我從草原返回航天中心的飛機上，當時我已把她的眼睛摘下來放到旅行包中。

那個沒有日出的細雨濛濛的草原早晨，竟是她最後看到的地面世界。

後來「落日六號」同地面只能保持着語音和數據通訊，而這個聯繫也在一天深夜中斷了，她被永遠孤獨地封閉於地心中。

「落日六號」的中子材料外殼足以抵抗地心的巨大壓力，而飛船上的生命循環系統還可以運行五十至八十年，她將在這不到 10 平方米的地心世界裡渡過自己的餘生。

我不敢想像她同地面世界最後告別的情形，但主任讓我聽的錄音出乎我的意料。這時來自地心的中微子波束已很弱，她的聲音時斷時續，但這聲音很平靜。

「你們發來的最後一份補充建議已經收到，今後，我會按照整個研究計劃努力工作的。將來，可能是幾代人以後吧，也許會有地心飛船找到『落日六號』並同它對接，有人會再次進入這裡，但願那時我留下的數據會有用。請你們放心，我會在這裡安排好自己生活的。我現在已適應這裡，不再覺得狹窄和封閉了，整個世界都圍着我呀，我閉上眼睛就能看見上面的大草原，還可以清楚地看見每一朵我起了名字的小花呢。再見。」

透明地球

在以後的歲月中，我到過很多地方，每到一處，我都喜歡躺在那

裡的大地上。我曾經躺在海南島的海灘上、阿拉斯加的冰雪上、俄羅斯的白樺林中、撒哈拉燙人的沙漠上……每到那個時刻，地球在我腦海中就變得透明了，在我下面六千多公里深處，在這巨大的水晶球中心，我看到了停泊在那裡的「落日六號」地航飛船，感受到了從幾千公里深的地球中心傳出的她的心跳。我想像着金色的陽光和銀色的月光透射到這個星球的中心，我聽到了那裡傳出的她吟唱的《月光》，還聽到她那輕柔的話音：

「……多美啊，這又是另一種音樂了……」

有一個想法安慰着我：不管走到天涯海角，我離她都不會再遠了。

責任編輯	洪永起	
書籍設計	林　溪	
責任校對	江蓉甬	
排　　版	高向明	
印　　務	馮政光	

書　　名	流浪地球——劉慈欣中短篇科幻小說選
作　　者	劉慈欣
出　　版	香港中和出版有限公司 Hong Kong Open Page Publishing Co., Ltd. 香港北角英皇道499號北角工業大廈18樓 http://www.hkopenpage.com http://www.facebook.com/hkopenpage http://weibo.com/hkopenpage
香港發行	香港聯合書刊物流有限公司 香港新界大埔汀麗路36號3字樓
印　　刷	中華商務彩色印刷有限公司 香港新界大埔汀麗路36號中華商務印刷大廈
版　　次	2019年1月香港第1版第1次印刷 2024年2月香港第2版第3次印刷
規　　格	32開（148mm×210mm）208面
國際書號	ISBN 978-988-8812-89-9